リフレイン

五十嵐貴久

リフレイン

ナイチンゲール誓詞

われは此処に集いたる人々の前に厳かに神に誓わん。

わが生涯を清く過ごし、わが任務（つとめ）を忠実に尽くさんことを。

われはすべて毒あるもの、害あるものを絶ち、悪しき薬を用いることなく又知りつつこれをすすめざるべし。

われはわが力の限りわが任務の標準（しるし）を高くせんことを努むべし。

わが任務にあたりて、取り扱えたる人々の私事のすべて、わが知り得たる一家の内事のすべて、われは人に洩らさざるべし。

われは心より医師を助け、わが手に託されたる人々の幸のために身を捧げん。

目次

はじめに

・本書『リフレイン』は渡会日菜子著『祈り・鎮魂の叫び』（壱光出版　二〇〇七年刊。以下、『祈り』）を底本としている。

・『祈り』に加え、後述する書籍、雑誌、新聞記事（以下「資料」）を筆者が整理、再構成した。「資料」に関して説明が必要な部分には、筆者が注を入れている。

・本書では『祈り』における渡会の証言を中心にしているが、明らかな事実誤認、日時、場所の取り違え、人名等の間違いについては、適宜筆者が訂正を加えた。

・その他関係者のインタビュー等で矛盾がある場合は、前後の状況から最も整合性が高いと考えられる証言を採用した。

・「資料」に関しては関係者のプライバシー保護、著作権者不明、関係者からの使用不許可等の理由により、書籍名、雑誌名、出版社名等を意図的に仮名にした。

・本書では「青美（せいび）看護専門学校火災事件」を扱っているが、犠牲者が百二十名を超えていることもあり、ノンフィクションという形での発表について、保護者、学校関係者の許諾が得られなかった。また、一部遺族から本書の内容について抗議があったため、人物名、場所、地名、時期、時間その他について、意図的に変更を加えている。

・「資料」一覧

＊渡会日菜子『祈り・鎮魂の叫び』（前述）

＊山倉尚人『消えた看護学校』（ラークパブリッシング　二〇〇六年刊）

＊『青美看護専門学校火災保険調査報告書』（トーキョー損害保険株式会社内部資料　作成年不明）

＊『青美看護学校火災事件裁判資料』（みんけん出版　一九九二年刊）

＊渡秋吉『本当にあった衝撃の怪奇事件・東日本編』（フィスト社　二〇〇五年刊）

＊週刊ＰＡＳＳ『連載・医師中原俊二医療裁判・正義の行方』（二〇〇八年五月二日号―二〇〇九年一月三十日号・不定期連載）

＊溝川耕次郎『彼女を殺したのは誰か？』（段三出版　二〇一〇年刊）

＊週刊ジェッタシー　インタビュー・新名徹／日弁会弁護士（二〇〇八年八月十五日号）

＊月刊イノセンス『特集・現代の奇病』インタビュー・橋本欣哉／脳神経科医（二〇〇九年十二月号）

＊『青美看護学校・消防、救急出動報告書』（江東区東陽町消防署内部資料　一九九一年作成）

＊朝日新聞、読売新聞、毎日新聞、東京新聞（注・繁雑なため、本書では新聞社名を「東洋新聞社」に統一している）

その他の資料に関しては、本文中に出典を明示した。

五十嵐貴久

nurse 1
青美看護専門学校

「名前を知らない誰かの人生を変える——青美看護専門学校
○ナイチンゲール精神に則り、博愛精神に満ちた看護婦（士）を目指すために

昭和39年、江東区木場の洲崎（すさき）神社に近い閑静な住宅街で、本校は創立されました。初年度入学者は女子21名、男子1名、小規模な看護専門学校としてスタートを切りましたが、55年

に東陽町校舎に移転、現在に至ります。

一学年120名、全国でも珍しい男女共学の2年制、全日制の専門学校で、全学240名の『明日の看護婦（士）』の学び舎として、設立母体の永友薬品医療事業団の協力を得て、准看護婦（士）試験の合格率は常に全国平均を上回り、実績には定評があります。

また、傷病者だけではなく、高齢者のケア、介護にも力を注いでおり、卒業後の就職率100パーセントを誇っています。

東京都と近県の出身者を中心に集まった学生たちが、全寮制で専門的に看護の基礎分野、専門分野、統合分野を学び、テクニカルな部分はもちろん、ナイチンゲール精神に基づいた『心の豊かな看護婦（士）』となり、巣立っていくことを目指しています」

（青美看護専門学校・昭和五十六年度パンフレット）


「平成3年（1991年）5月12日午後4時29分、江東区東陽町北遠（ほくえん）4丁目（以下略）私立青美看護専門学校講堂で火災発生の通報あり。同34分、東陽町消防署からポンプ車1台、救急車1台が出動。現場で指揮を執っていた杜松（もりまつ）士長は水利確保後、同39分から放水消火を試みたが、想定より火勢が激しく、第一出動から第二出動に切り替え、午後5時01分、木場消

防署、潮見消防署に応援を求め、6時40分に消火を終えた。この時点で講堂は全焼しており、肉の焼ける不快な臭いを多くの消防士が嗅いでいる。また、現場から大量の人骨が発見されたが、後に犠牲者124人と判明した。救出されたのは女子学生1名のみ。

火災の概要——東陽町消防署の調べでは、同日午後4時30分から講堂で戴帽式（看護学校の儀式のひとつ。毎年5月12日に戴帽式を行なうのが同校の慣例だった）があり、その際同校生徒が持っていたロウソクの炎がカーテンに燃え移り、火災が発生したと考えられる。なお、鎮火報告は同日午後11時08分」

（『青美看護学校・消防、救急出動報告書』　江東区東陽町消防署内部資料）

中原（なかはら）先生のお気持ちはよくわかります。確かに、わたしの言っていることは非常識かもしれません。ですから、まず話を聞いてください。その上で、判断していただけないでしょうか。

もし、わたしの想いをわかっていただけたら、その時は必ず……約束を守ってください。先生を信じています。

どこから始めればいいのかわかりませんが、順を追って話すことにします。わたし、渡会（わたらい）日菜子（ひなこ）が江戸川区の都立橘高校を卒業し、青美看護学校に入学したのは平成二年の四月でした。

看護婦になるのは小さい時からの夢で、青美を選んだのは、全寮制で二年制の看護専門学校というのが最も大きな理由です。経済的な理由、と言った方がいいかもしれません。

中学の時に父を亡くしていたので、わたしが妹を大学に進学させなければならないという強い想いがありました。三年制の専門学校に通う方が普通ですし、二年制だと準看護婦の資格しか取得できませんが、準看から正看護婦を目指す卒業生が多いことは、高校の担任の先生から説明がありました。

その辺りは後で考えればいい、一年でも早く働いて母の負担を減らしたい……きれいごとではなく、それがわたしの本心でした。

青美は昭和三十九年に木場で創立された看護専門学校で、昭和五十五年に東陽町の区立総合病院が豊洲へ移転した際、跡地に残った病院と関連施設に青美がそのまま入ったと学校説明会で聞きました。生徒数を増やしたのは、東陽町に移ってからだそうです。

区立総合病院は戦後すぐに建てられたため、建物はかなり老朽化していました。わたしが入校した時には築四十年ぐらいで、昭和というか、戦前からあったと言われたら信じてしまうような、古めかしい建物だったんです。

ただ、それは外観の話で、病院の移転が決まり、青美がその後に入ることになった時、全面的に改装していたので、校舎内は他の専門学校よりきれいでしたし、設備も整っていたのではないでしょうか。

場所は東陽町の駅から一キロほど離れた水仙公園の近くで、校門から見ると正面に五階建の校舎、右側に七階建の女子学生寮、左が講堂でした。他に体育の授業用のグラウンドもあり、敷地はかなり広かったと思います。

校舎は総合病院の診療所を、寮は入院病棟を改築したものでした。講堂は木場にあった建物をそのまま移築したそうです。

一年生のほとんどが女子ですが、男子生徒も五人いました。彼らは学校が借りていた駅近くのアパート住まいで、女子とは別です。ひとクラス四十名、一学年三クラス、百二十名、二年制なので全校生徒は二百四十名でした。

入学試験があったのは二月の上旬で、月末には合格通知が届いていました。その後、青美から入寮の時期について電話がありました。

百二十人の新入生が一度に寮へ引っ越すのは難しいので、全員に希望を聞いているが、渡会さんはいつがいいですかという学生課の担当者の問いに、三月中旬でお願いしますと返事をしました。

入寮と言っても、そのまま寮で暮らすわけではありません。四月二日の入学式までに、寮に入る準備をしておいてください、というぐらいの意味です。

合格通知と一緒に、寮のパンフレットが届いていましたが、生徒の部屋は個室で、ベッドやテーブルは備え付けのものがあり、カーテンなどの備品も用意されていると書いてありました。極端に言えば、布団と着替えがあれば暮らせることになります。

もちろん、そう簡単にはいきません。細かいことを言えば、洗面道具や最低限の食器類、大きな物ではテレビも持っていくつもりでした。

実家が近かったので、連絡を受けた翌週に一人で下見に行き、その数日後、母の車に布団や着替えなどを積んで寮に向かいました。それが三月十五日の朝だったと思います。

寮自体はかなり大きな建物ですが、ワンフロアに約四十人が入るので、部屋は狭く、洗面台とトイレ付きの小さなユニットバスを含めて、六畳もありません。ベランダこそついていましたが、時代劇の長屋みたいね、と母が苦笑していたのを覚えています。

わたしが荷物を運び入れたその日、隣室から音楽が聴こえていましたが、大声で話せば全部筒抜けになってしまうのがわかりました。隣の部屋との間の壁も薄かったんです。

マヅルカね、と母がハミングしました。歌っていたのは少しかすれた声の女性で、どこか暗く、物悲しいトーンの曲です。聴いたことはありませんでしたが、かなり古い曲なのは雰囲気でわかりました。

「そうよねえ、日菜はポーラ・ネグリなんて知らないわよね」

当時の高校生が好んで聴いていたのは、ブルーハーツやプリンセス プリンセス、BOØWYのようなバンド、あるいは松田聖子とか中森明菜、ジャニーズ系のアイドルで、洋楽で言えばマイケル・ジャクソンだったりマドンナであったり、そんな感じだったと思います。ポーラ・ネグリという名前は、聞いたこともありませんでした。

ですが、母はポーラ・ネグリのことをよく知っていました。懐かしいわね、と何度もうなずいていましたが、サイレント時代の名女優だったそうです。

戦前はドイツ映画に主演していたこと、〝マヅルカ〟は同じタイトルの映画の主題歌だったことも教えてくれました。母は昭和十七年生まれでしたから、古い映画に詳しかったんです。

「お隣さんなんだから、挨拶だけでもしておいた方がいいんじゃないの？ ポーラ・ネグリを聴くなんて、今時の若い子らしくないけど、きっといい家の人だと思うわ」

母はせっかちなところがあり、止める間もなく、すぐに隣の部屋をノックしましたが、返事はありませんでした。こんにちは、と母がもう一度少し強めにノックをすると、ドアがゆっくり開いたんです。

そこには誰もいませんでした。机の上に古いレコードプレイヤーが載っていて、曲が終わるとオートリターンで針が元に戻り、また同じ曲が流れていたんです。

あの頃、レコードはCDに切り替わっていて、わたしも含め、入寮した者のほとんどがミニコンポを持ち込んでいました。小型テレビやビデオデッキを置いていた生徒もクラスの半分以上いたはずです。平成なのにレコードプレイヤー、と思わず首を傾げたのを、はっきり覚えています。

お留守みたいね、と母が残念そうに言いましたが、たぶん学校の近くにあるコンビニへ行ったのだろう、ぐらいにしかわたしは思っていませんでした。レコードをかけっ放しにしているのは、すぐ戻ってくるつもりだからでしょう。

自分の荷物を片付けなければならなかったので、母と自分の部屋に戻り、ベッドにシーツと布団を敷いたり、着替えの類をハンガーでカーテンレールにかけ、ポータブルテレビを部屋の隅に置き、他の細々した物を据え付けになっていた机の引き出しにしまっていると、それだけで一時間ほどが経ってしまい、三月半ばでまだ寒い日でしたが、わたしも母も汗びっしょりになっていたんです。

その間もずっと〝マヅルカ〟は流れ続けていました。部屋の主が戻ってくる気配はありません。

その日、母は勤めていた保険会社に半休を取っていたので、午後から仕事に行くことになっていました。片付けを切り上げ、二人で部屋を出たのは、十一時を少し廻った頃だったでしょうか。

　隣の部屋のドアに手書きの名札が貼ってあるのに気づいたのはその時です。忘れてた、とわたしは学校から送られていた名札を自分の部屋のドアのホルダーに差し込みました。それが寮の規則です、と電話で説明されたのを思い出したんです。

　ただ、わたしの名札は学校が作った物で、渡会日菜子という名前が印字されていましたが、隣の部屋の名札は自筆でした。きれいな字でしたが、学校から送られていないのだろうか、と思った記憶があります。

「雨宮（あめみや）さんっていうんだ」母が名札に目をやりました。「雨宮リカ……外国の人かしら？」

　そんなわけないでしょとわたしが笑うと、それもそうねと母が廊下を歩いていきました。

　その後も二、三度寮へ行き、部屋の掃除や片付けをしたのですが、彼女と顔を合わせることはありませんでした。

（渡会日菜子『祈り』）

「昨年八月に発売された渡会日菜子氏の著書『祈り・鎮魂の叫び』（以下、『祈り』は、その

内容も衝撃に満ちていたが、更にショッキングだったのは、著者が発売日の翌日に死亡したこと、主治医の中原俊二（しゅんじ）氏がその死にかかわっていたことだ。『祈り』がベストセラーになったのは、そういう背景もあった。

当初、報道では中原医師による医療過誤があったとされたが、その後詳しい情報が判明するにつれ、単なる医療過誤ではなかったことが明らかになった。今年の一月から裁判が始まっているが、本誌はいわゆる『中原裁判』に現在の医療の重大な問題点があると考え、初公判から裁判を傍聴、取材している。

渡会氏の死には複雑な事情があり、その解明が必要だと原告、被告双方が主張し、裁判の長期化が予想されたが、約四ヶ月が経過した今もなお、事実関係の確認に時間が割かれているのが現状だ。

先にも記したように『中原裁判』には現在の、そして未来の医療に関する問題提起がある、というのが本誌の立場だ。そのため、不定期連載として『中原裁判』を取り上げることが決まった。

今後、裁判に進展があればリポートしていくが、その前に渡会氏の死と、その背景に何があったのかを改めて振り返ることにする」

（週刊ＰＡＳＳ『連載・医師中原俊二医療裁判・正義の行方』二〇〇八年五月二日号）

入校式は四月二日の月曜でした。（五十嵐注・青美では入学式ではなく入校式と呼ぶ慣習があった）朝八時に新入生全員が講堂に集まり、校長の挨拶や、運営母体の永友薬品社長の祝辞、理事の来賓挨拶、校歌斉唱、それぐらいで終わったと思います。

前日の日曜までに、一年生全員が入寮していましたが、全員が顔を合わせたのはこの時が初めてでした。同じ階の人とは、すれ違えば挨拶をしていましたけど、特に話したりはしていません。すべては入校式が終わってから、という意識が誰の中にもあったのでしょう。

入校式が終わると、そのまま講堂で教頭の池谷先生が寮について説明を始めました。池谷教頭は五十歳ぐらいで、新宿の大学病院で婦長を務めていたそうですが、十年ほど前に永友薬品の役員に請われる形で青美に来た、と後で教えられました。

とても厳しい方だ、というのが第一印象でした。どこか苛々した感じで、言葉遣いは丁寧ですが、声や口調が割れたガラスのように鋭いのです。

二年生の先輩は〝ガラ〟と陰で呼んでいましたが、鳥のような体つきがその由来でした。痩せていて、目や鼻、唇が尖っているのも、鳥を連想させる一因だったと思います。

もっとも、この時はそんなことを知りませんでしたし、余計なことを考えている余裕はありませんでした。百二十人の生徒がいるにもかかわらず、私語がなかったのは、誰もお互いのことを知らなかったためです。

青美は専門学校で、全生徒が看護婦、看護士になるために入学しています。同じ高校出身という人は、ほとんどいません。

橘高校から青美に進んだのも、わたしだけでした。話す相手がいないので、黙って池谷教頭の話を聞いているしかなかったんです。

この時、主に言われたのは寮則のことでした。新入生は全員が高卒で、未成年です。学校側には生徒を護る義務と責任があると池谷教頭が何度も繰り返していましたが、その通りだと誰もが思っていたはずです。

細かい規則を言うときりがないのですが、例えば門限は十時で、消灯が十一時、その時に点呼があるので、部屋にいないとすぐにわかってしまいます。他にもいろいろとありましたが、特に厳しいとは思いませんでした。そういうものだろう、ぐらいの感覚で話を聞いていたのを覚えています。

寮そのものについても説明がありました。一年生は一階から三階、二年生は四階から六階、ワンフロアに四十室あり、そこで四十人の生徒が寝起きするんです。部屋割りはクラスと関係なく、入学届けを出した順番で決まっていました。

七階に学生食堂があり、基本的に朝食と夕食はそこで取ります。学食は夜八時以降フリースペースになり、そこでテレビを見たり、お菓子や飲み物を持ち込んで、お喋りすることもできるということでした。

ただ、これは後でわかったことですが、学食を使うのは主に二年生で、一年生にとっては居辛い場所だったんです。女子校——青美は専門学校ですが——にありがちな話かもしれませんが、先輩後輩の関係性が厳しくなる傾向が強かったのは確かです。

学校側もそれはわかっていたのでしょう。一階から六階まで各フロアにフリースペースがあり、各階の生徒が専用で使うことになっていました。

三、四十人は楽に入れる広さがあって、これもまた後の話ですが、同じ階の生徒と集まってお茶を飲んだりお喋りを楽しんだり、そんなこともあったんです。

フリースペースは一階がオレンジルーム、二階はブルールーム、三階はイエロールーム、四階はグリーンルーム、五階はホワイトルーム、六階はレッドルームと呼ばれてました。わたしは一階だったので、オレンジルームを使うことになるのですが、この時はそこまで詳しいことはわかっていませんでした。

入校式の時、新入生は講堂に入った順で座っていました。わたしは一年A組でしたが、隣の人が何組かさえわかりません。とても心細かった記憶があります。

池谷教頭の説明が終わり、そのままわたしたちは寮へ向かいました。まず部屋の掃除をするように、と命じられていたからです。

わたしのように実家が近い生徒は、何度も寮に来ていましたし、その時に掃除も済ませていたのですが、地方出身者の中には段ボール箱に引っ越しの荷物を詰めて寮に送っただけの人もいましたから、荷解きさえ済んでいない人も少なくなかったんです。

各部屋のベランダにベッドのマットレスやシーツを干している生徒が多かったのは、前に誰かが使っていたとわかっていたからで、特に潔癖でなくても、わたしたちの年齢なら誰でも同じことをしたでしょう。

この日は入校式と入寮だけで、授業はありませんでした。就寝前の点呼もです。

クラスメイトといっても、まだ赤の他人も同然ですから、コミュニケーションを取ることもなく、時間が余ったわたしは東陽町の駅まで出て、一人で昼食を済ませた後、西船橋で高校の同級生と会い、お互いに近況を報告しました。

九時までに寮に戻ればいいと言われていたので、夕食も同級生と取りました。後で聞くと、そういう人が多かったそうです。

八時半頃、寮の部屋に帰ってからユニットバスに入り、すぐベッドで横になりました。緊張もあって精神的には疲れていましたが、なかなか寝付けませんでした。明日からのことを考えると、少し不安で、少し期待があって……そんな感じです。

覚えているのは、隣の部屋から流れてくる〝マヅルカ〟でした。ボリュームこそ小さかったのですが、壁が薄いので音は筒抜けです。何度も何度も同じ曲が繰り返されているので、ちょっとうるさいなと思いましたが、いつの間にか眠っていました。

子供の頃からわたしは早起きで、朝六時前に目が覚めてしまいます。入校式の翌日も、起きたのはそれぐらいの時間でした。

始業時間は八時半で、寮から学校までは歩いて一、二分でしたから、八時に起きても遅刻することはありません。顔を洗い、歯を磨き、制服に着替えるなど身支度を整えましたが、それでも七時半でした。

どうしようかと思いましたが、部屋にいても仕方ないので、学校へ行くことにしました。受験の時、教室に入っていましたが、その時は周りを見る余裕もありませんでしたから、ちょうどいいと思ったんです。

一年A組、とプレートのかかっている教室の扉を開けたのは、八時過ぎでした。誰もいないと思っていましたが、隅の席に痩せた子が座っていました。彼女の顔を見たのは、あの時が初めてだったんです。

(渡会日菜子『祈り』)

二〇〇〇年秋に起きたサラリーマン拉致事件について、本書で詳しく説明するつもりは筆者にない。二十世紀最後の怪事件としてあまりにも有名だし、当時は新聞、テレビ、週刊誌等々で毎日のように報道されていた。

犯人が特定されていながら未解決という、非常に特異な事件と言っていいが、本書の読者であれば改めて解説する必要はないだろう。

事件に関しては、この数年で多数の研究書が出ている。また、インターネットの掲示板等でもたびたび取り上げられ、熱心に自説を語る者、逃亡中と思われる犯人を追っている者も多いようだ。

興味深いのは犯人（仮にRと呼ぶ）の過去についての証言が多数あることで、猟奇事件研究家、怪奇現象ライター、あるいは出版社の編集者、テレビ番組のディレクターなど、今もRの過去を調べる者が増え続けている。

筆者はいわゆる写真週刊誌記者から転じて、現在はフリーのルポライター、ノンフィクション番組のプロデューサーを主な仕事にしている。

犯罪を扱うというスタンスは変わらないが、取材者として心掛けているのは、センセーシヨナルという理由だけで事件を追いかけることはしないという一点だ。写真週刊誌の記者は宿命的に画力のある事件に興味を持つ。それが読者のニーズだとわかっているからだ。

サラリーマン拉致事件が起きた二〇〇〇年、筆者は当時フリーランスの記者として契約していた写真週刊誌を辞めると決めていた。契約が切れるのがその年の十二月だったため、結果的に最後に取材したのがこの事件となった。

だが、あまりにも異常性が高いことがわかり、早々に手を引いた。触れてはならないという直感が働いたためだ。

今振り返ると、筆者はあの事件から逃げたと言うべきだろう。その判断は正しかった、という確信がある。

ところが奇妙なことに、逃げれば逃げるほど、事件が筆者を追いかけてくるようになった。この数年、Rの過去を調べてほしいというマスメディアからの依頼は数え切れないし、接点のない人物から情報を教えられることも幾度となくあった。

筆者はすべての依頼を断ってきたし、事件について調べるつもりもなかった。だが、一昨年に起きたN医師による殺人事件が契機となり、本書を執筆することになった。

本書では筆者にわかっている限りのRに関する情報、新たに判明した事実、いわゆる「中原裁判」の過程で明らかになった状況を踏まえて考察を進めていくが、第一章では二〇〇〇年の秋に何があったのか、写真週刊誌記者として現場にいた筆者が何を見たか、それを書いていく。

（溝川耕次郎『彼女を殺したのは誰か？』）

きれいな人、というのが第一印象でした。背が高く、痩せていて、すらっとした体型で、少し顔色が浅黒かったですけど、気になるほどではありませんでした。目鼻立ちもはっきりしていて、パーツが整っていると思ったのを覚えています。

きれいな子ではなく、きれいな人だというのは、特に表情がそうでしたが、大人びて見えたからです。二十歳と言われても納得したでしょうし、もっと上だと言われたら、そうなんだろうと思ったかもしれません。

同級生の中に彼女がいたことに、どうして気づかなかったのか、という思いがわたしの中にありました。ファッションモデルのような容姿ですから、目立ってもいいはずなのにどうして、という意味です。

ただ、入校式には百二十人の新入生がいましたし、全員の顔を見たわけでもありません。

池谷教頭の説明の後は掃除さえすれば自由行動でしたから、彼女の存在に気づかなかったのでしょう。

授業は制服で受けるので、わたしも彼女も制服を着ていました。グレーのブレザーとスカートです。

おはよう、と言ったのはわたしの方が先でした。おはよう、と彼女も微笑みました。

その声の美しさは……ちょっと表現できません。アニメ声と言う人もいましたけど、それは違います。もっと耳に残るというか……少し湿った、柔らかく女性らしい声だったんです。

挨拶こそ交わしましたが、それだけでした。どちらかと言うとわたしは内向的な性格で、初対面の人とうまく話せないところがあります。どう会話を続けていいのか、わからなかったんです。

それを察したのか、渡会さんはどこの高校出身なの、と彼女の方から話のきっかけを作ってくれました。四月中は制服の胸ポケットにネームプレートを付けておくことになっていたので、わたしの名前は彼女にもわかっていたのでしょう。

ただ、彼女の方はネームプレートを付けていませんでした。だから、わたしには彼女の名前がわからなかったんです。

江戸川区の都立橘高校ですと答えると、光陽（こうよう）学院高校、と彼女が言いました。そうです、光陽大学の附属高校で、私立大学として最も歴史が古く、名門校として有名なあの光陽です。冗談を言ってるんだ、と思いました。光陽学院高校出身で、青美に入る生徒なんているはずもありません。光陽大学には医学部と看護学部がありますから、専門学校に入る理由はないんです。

でも、光陽学院卒ともう一度繰り返した彼女の顔に、笑みは浮かんでいませんでした。だから、そうなんだ、と答えるしかなかったんです。

その時、突然……何とも言えない不快な臭いが漂ってきました。酢のような刺激臭で、それに生ゴミや腐った肉の臭いが混ざったような……うまく説明できません。覚えているのは、喉元まで胃液がせり上がってきたことだけです。

でも、その悪臭はすぐに消えました。それから彼女と少し話しましたが、とても優しくて、真面目で、性格のいい人だと感じました。

この日が初めての授業ということもあり、クラスの生徒全員が始業時刻の八時半より五分以上早く教室に入ってきました。八時半から十分間のホームルームがあり、その後十分の休憩を挟み、八時五十分から一時間目の授業が始まる……それが青美の時間割だったんです。

ホームルームを担当するのは、一年A組の担任の秋山(あきやま)先生といって、巣鴨にある甘心(かんしん)医大の講師を務めている方でした。四十代前半だと後で二年生の先輩から聞きましたが、実際の年齢は知りません。

亡くなったわたしの父が生きていれば、その年で四十八歳だったので、同世代と言っていいと思いますが、もっと若く見えました。オシャレで、口調もソフトな感じで、優しそうな担任で良かったと安堵したのを覚えています。

青美には十六人の教師がいて、男性が六人、女性が十人でした。男性教師は全員医大の講師もしくは助教授、現役の医師もいたと思います。アルバイトではなく、青美側がそれぞれの医大や開業医と交渉して、認可を受けた上で派遣されていたんです。（五十嵐注・青美においてて担任とは便宜上そう呼ばれていただけで、高校等の担任とは意味合いが違った）

女性の教師は三人が教職資格を持った方で、他は現役または元看護婦でした。看護婦と教職の資格を両方持っている方もいました。

今日はホームルームを延長し、それぞれ自己紹介の時間を設ける、と秋山先生が笑みを浮かべました。名前を呼ばれたら、一分ほどで名前や卒業した高校、趣味などを話すようにと言われ、一番最初は、赤城沙弥加（あかぎさやか）という生徒でした。

教卓から見て左側、窓側の席から五十音順に生徒たちが座っていました。赤城さんは窓側の先頭です。

クラス全員が顔を揃えたのはこの時が初めてで、赤城さんもやりにくかったと思いますが、何とか自己紹介を終え、その後伊東明子さん、井ノ口静加さん、と順番に進んでいきました。

中学や高校でも似たようなことがありましたが、話し方や雰囲気で大体の性格はわかるものです。自己アピールというと少し違うかもしれませんが、それぞれが自分のことを話していました。

「升元結花」

秋山先生がその名前を呼んだのは、三十番目ぐらいだったと思います。立ち上がったのは、教室で初めて会った彼女でした。

その時の自己紹介ですか？　はっきりとは覚えていません。確か、父親が麻布でクリニックを開いていたこと、広尾に自宅があること、光陽学院卒とか、そんなことだったと思います。一分で話すことができるのは、それぐらいですから。

ただ、最後に彼女が言った言葉ははっきりと覚えています。自分を雨宮リカと呼んでほしい、そう言ったんです。

その前にも何人か、高校の時のニックネームを言った生徒がいたので、誰もがそのつもりだと思ったはずですが、あだ名ってことかと秋山先生が聞くと、違いますとだけ答えて着席しました。

微妙な間が空きましたけど、その後も各自の自己紹介が続き、最後はわたしでした。高校の時もそうでしたけど、渡会という名字ですから、最後になるのはある意味で慣れていました。

　わたしの自己紹介が終わった時、チャイムが鳴りました。少しだけクラスの空気が緩んだような気がしたのを覚えています。

（渡会日菜子『祈り』）


――いわゆる『中原裁判』について、弁護人を務めたのは新名（にいな）先生でしたが、当初から被告人との間で見解の相違があったと聞いています。

新名徹（とおる）（日弁会弁護士・以下新名）「まだ継続中の裁判ですので、お答えできません」

――見解の相違とは何だったのでしょう？

新名「ですから、お答えすることはできません」

――被告人が精神鑑定を拒否したのは、我々も裁判を傍聴していたので知っています。それも見解の相違ということでしょうか？

新名「被告人は医師です。精神鑑定を拒否したのは、その必要がないと本人が判断したためで、他に理由はありません。また、精神鑑定については弁護人、検察官双方から要請があり、本人の了解も得ています。来月中には実施されることになるでしょう。お答えできるのはそれだけです」

――中原医師は心神喪失を主張した方が有利だとは考えなかったのでしょうか？

新名「お答えできません」

――では一般論として伺います。本件のような事件の弁護人は、心神喪失あるいは心神耗弱を訴えるのがいわゆる法廷戦術として有効だと思いますが、新名先生はいかがお考えですか？

新名「お答えできません」

（週刊ジェッタシー　二〇〇八年八月十五日号）

授業が始まりました。他の専門学校との違いはよくわかりませんが、青美では一年生の時に一般教養、英語や数学、生物学や化学、社会科の授業、それに加えて看護学、看護論の時間もあって、かなりハードでした。

全員が高校を卒業後、看護婦を目指して青美に入学していましたが、一般教養はともかく、看護に関する授業は誰にとっても初めてで、ついていくのがやっとでした。

また、寮生活にも馴染んでいかなければなりませんでしたし、宿題や課題もあります。その意味では高校や大学と違い、生徒同士が親しくなる時間もなかなか取れませんでした。

ただ、そうは言っても女子ですから、慣れていくにしたがって、だんだんと休み時間やランチタイム、夕食の時などにお喋りをするようになりました。ですが、高校生の時とは違って、お互いに様子を見ていると言うか……うまく説明できませんが、その辺りは専門学校独特の空気が流れていたように思います。

大学と違い、専門学校には最終的な共通の目的があります。（五十嵐注・青美の場合は看護婦）特に青美は二年制でしたから、授業に臨む生徒たちも真剣でした。

時間がない、という焦りに似た気持ちがなかったと言えば嘘になります。最初のうち、お互いの関係性がそれほど深くならなかったのは、そのためもあったのではないでしょうか。

もうひとつ、ゴールデンウィーク前の四月第四週に、全科目の小テストが行なわれるということもありました。この年は四月二十八日の土曜日から、五月六日まで九連休だったのですが（五十嵐注・青美では五月一日、二日も休日にしていた）、その前に生徒の学力をチェックしておくための小テストをするのが慣例になっている、と二年生から聞いた覚えがあります。

青美の入学試験は英数国の三科目でしたが、この小テストは全科目が対象で、学び始めたばかりの看護学も含まれていました。その勉強に時間を取られて、クラスメイトとコミュニケーションを図る暇もなかったというのが、実際のところだったかもしれません。

二十七日の金曜まで小テストがあり、それが終わればゴールデンウィークです。寮に残る者もいましたが、ほとんどは実家に帰りました。

連休明けからが、本当の意味での青美の始まり、と思っていた者も多かったはずですし、クラスメイト同士があまり親しくならなかったのは、それも理由のひとつでした。

小テストには学力のチェック以外にもうひとつ目的がありました。五月十二日の戴帽式の総代を決めるというものです。

戴帽式については、中原先生もご存じだと……知りませんか？　でも、そうかもしれませんね。医師と看護婦は違いますから。

看護学校出身者なら、誰でも知っているはずですが、簡単に言えば看護婦になるための誓いを立てる式のことです。儀式と言った方が正しいでしょう。

青美にいた頃、既に不衛生という理由でナースキャップは廃止へ向かっていましたが、ナイチンゲール精神に則り、立派な看護婦になることを誓う儀式で、その象徴として学校の校長先生からナースキャップを贈られます。

あくまでも形だけの式ですが、あの頃は多くの看護学校が戴帽式を行なっていたと思います。時期は学校によって違いますし、入学式、卒業式、あるいは二年生になって、病院実習を始める際に執り行なう学校も多かったようです。

青美では五月十二日に戴帽式を行なう伝統がありました。この日がナイチンゲールの誕生日だったためです。

戴帽式では全生徒に校長先生がナースキャップを贈るのですが、その際代表者が誓いの言葉を述べます。総代というのは青美だけの用語かもしれませんが、要するに小テストの成績が最も良かった生徒が代表となり、他の生徒は以下同文、ということになるんです。

正直なところ、わたしは総代になりたいと思っていませんでした。それはクラスのほとんどの生徒が同じだったはずです。

学校内での儀式に過ぎませんし、総代になっても特にメリットはありません。まだ高校生気分が抜けていなかったので、ゴールデンウィーク中に昔の友達と遊ぶことしか考えていませんでした。小テストなんかどうでもいい、というのが本音だったんです。

だから……あんなことが起きるなんて、夢にも思っていませんでした。

（渡会日菜子『祈り』）

「中原医師、弁護団を解任か

昨夜、新名徹弁護士が代表を務める『中原裁判』弁護団が、裁判の方向性について意見が一致しなかったことを理由に、被告の中原俊二氏が弁護団に対し、解任を示唆したと新名氏がコメントした。詳しい理由は説明できないと新名氏は話したが、検察側から『裁判遅延のためではないか』と抗議があり、中原氏、弁護団は『事実ではない』と回答している」

（二〇〇八年九月一日付　東洋新聞朝刊）

四月の最終週、各学科の小テストがありました。建前で言えば、英語や数学も看護婦にとって重要だと思いますけど、実地で役に立つことはほとんどないと思います。あるレベルの点数さえ取れていればいい、というぐらいの気持ちでテストを受けていました。

終わったのは金曜で、学校からそのまま実家に帰りました。慣れない専門学校、初めての寮生活、それほど親しくなった友人もいませんでしたから、精神的に疲れていたのは確かです。金土日と三日間、寝ては起き、起きては寝る、そんな風にだらだら過ごしていたのを覚えています。

その後、ゴールデンウィーク中は中学や高校の同級生と遊んだり、とにかく羽を伸ばしていました。それは他のクラスメイトも同じだったようです。

連休最後の五月六日の夜、明日からまた学校だよ、と母や妹に愚痴をこぼしましたけど、うちもそうだったと言っていた子が何人もいました。

でも不思議なもので、寮に戻ると、それまであまり親しくしていなかったクラスメイトとも、話せるようになっていました。懐かしいと言うと違うかもしれませんが、それに近い感覚があったんです。

誰にとってもゴールデンウィークが大きな区切りになっていました。あの時、わたしたちは青美専門学校の生徒だという自覚を初めて持ったように思います。

連休中に何をしてたか、というような話で盛り上がったり、夕食の後オレンジルームにみんなで集まってお喋りをしたり、徐々に仲良くなっていきました。

クラス内で小さなグループがいくつか生まれましたし、友達もできて、入校して初めて楽しいと思えるようになりました。楽しむ余裕ができた、ということかもしれません。

小テストの成績が発表されたのは、十一日の金曜日のホームルームでした。担任の秋山先生と一緒に池谷教頭が入ってきたので、小テストの成績優秀者がA組にいるのがわかりました。

一年生は三クラスありましたが、百二十人の生徒の中で一番点数が高かった者がいるクラスに池谷教頭が来て、戴帽式の総代を言い渡す、と聞いていたんです。

　よろしくお願いしますとだけ言って、秋山先生が教壇から少し離れたところに立ちました。青美内の誰にとっても、池谷教頭は畏怖の対象で、余計なことを言うと怒られるとその頃には誰もがわかっていましたから、黙ったまま日直の指示で起立し、一礼してから着席すると、池谷教頭が口を開きました。

「おはようございます。連休前の一週間、小テストを行ないましたが、昨日採点が終わりました。一年A組から総代が出ます」

　独特な鋭い声で、事務的にそう言いました。尖った口元が、鳥の嘴のように見えました。

「明日の戴帽式で総代を務めてもらうのは、桜庭比呂さんです」

　やっぱり、という声がいくつか重なりました。桜庭さんはいつも熱心に授業を受けていましたし、真面目な人でしたから、当然だと思った者も多かったはずです。

　起立と池谷教頭が言うと、恥ずかしそうに桜庭さんが立ち上がり、小さく頭を下げました。後で職員室へ来るように、と池谷教頭が言いました。

「総代といっても、一年生を代表して誓いの言葉を述べるだけですけど、式の流れを説明しておく必要があります。いいですね？」

　はい、と桜庭さんがうなずきました。A組には長良くんという男子生徒がいたのですが、彼が拍手をして、それがクラス全体に広がっていきました。

その拍手の中、斜め後ろから妙な音が聞こえました。妙な、というと違うのかもしれません。何と言えばいいのか……小枝が折れたような音です。

拍手に紛れて、ほとんどの人がその音を聞き逃していたと思います。わたしが気づいたのは席が近かったからで、他に理由はありません。

振り向くと、彼女が桜庭さんをじっと見つめていました。その手の中で、鉛筆が真っ二つに折れていたんです。

慌てて、わたしは顔を伏せました。見てはならないものを見てしまった……そんな気がしたんです。

池谷教頭が教室を出て行くと、少し空気が緩みました。やれやれ、とつぶやいた秋山先生が教壇に立ち、出席を取り始めました。

もう一度おそるおそる振り向くと、彼女はいつものように優しい笑みを浮かべていました。

（渡会日菜子『祈り』）

青美看護専門学校の戴帽式は、毎年五月十二日に行なわれるのが慣例で、休日であっても

全校生徒に参加の義務があった。儀式とは、そういうものかもしれない。

一年生が午前中、二年生が午後に講堂での戴帽式に出席する（卒業生によると、時間については時期によって多少の違いがあったようだ）。その年の五月十二日は土曜日で、他校と同様に休日だった。

同校の教職員、卒業生に取材したところ、青美の戴帽式は以下のような流れで行なわれていた。まず、生徒たちがナース服を着て講堂に入り、その際教師からロウソクを一本渡される。入場はA組から五十音順で、従ってA組の生徒が最前列に座ることになる。

講堂には壇が設置され、そこに校長が立つ。他の教師はその後ろに並び、理事長や永友薬品の関係者が参加することもあったらしい。

全員が着席すると、教師たちがロウソクに火を灯していく。当時は男性教師のほとんどが喫煙者だったため、それぞれがライターを持っていた。

生徒たちは一列に十人ずつ並び、それが全部で十二列あった。そのため、全員のロウソクに火がつくまで、ある程度の時間を要した。

全員のロウソクに火が灯ると、講堂の照明が消される。明かりは生徒が持っているロウソクだけで、幻想的な光景だったと話す者も多かった。

教頭の指示で起立し、ナイチンゲール誓詞を全員が唱える。非常に厳かな雰囲気で、看護婦になるという思いを改めて強くするのは、誰もが同じだったという。

その後、総代と呼ばれる代表者が壇に上がり、誓いの言葉を述べて校長からナースキャップを渡される。この年、一年生の総代は桜庭比呂という生徒だった。

一年生に対しても、二年生に対しても、勉学に励み、ナイチンゲール精神に則り、優秀な看護婦になるようにという訓示があり、全員がロウソクの火を吹き消すと、それで戴帽式は終わる。

その後、一年生全員が寮に戻り、ほとんどの生徒が着替えてから外出したことが確認されている。土曜日で授業はなかったから、当然のことと言っていい。

青美看護学校の最寄り駅は東西線東陽町駅だが、隣の木場、もしくは浦安駅まで出た者も少なくなかった。桜庭比呂もその一人だ。

警察から青美看護学校に連絡があったのは、夕方四時過ぎだった。同日午後三時頃、二十歳前後の女性がホームから線路上に転落し、入ってきた電車に轢かれるという事故が起きていた。

バラバラになった遺体の衣服のポケットから、桜庭比呂という学生証が出てきたが、そちらの生徒だろうかという確認の電話だった。

（溝川耕次郎『彼女を殺したのは誰か？』）

桜庭さんの事故のことは、よく覚えています。

戴帽式があったのは土曜日の午前中でした。東京ディズニーランドへ行く人たちが浦安駅を使うので、お店が混むのはわかっていましたから、A組のクラスメイト二人と一緒に西船橋でランチを取ることにしたんです。

お喋りで盛り上がってしまい、気づくと夕方になっていたので、寮に帰ることにしました。西船橋から東西線の快速に乗ると、すぐアナウンスがありました。次の浦安駅で急病人が出たので、しばらく運行を見合わせますというアナウンスです。

浦安駅の混雑ぶりは、わたしたちもよく知っていましたし、カバンが挟まったとか、そういうことで電車が停まるのには慣れていましたが、一緒にいた唐橋(からはし)さんという子が、急病人じゃないかも、と言ったんです。

「兄貴が営団地下鉄で働いてるから知ってるの。本当の急病人の時は、気分が悪くなったお客様とか、そんなふうに言うんだって。アナウンスで急病人って言うのは……飛び込み自殺の時。急病人ならすぐ発車するけど、自殺だとそうはいかないかも。兄貴は何度も見たって言ってた。レキダンっていうみたい」

レキダンって何、ともう一人の子が聞くと、轢断、と唐橋さんが宙に字を書きました。

「人間が走っている電車に飛び込むと、体が車輪に巻き込まれて、全身がバラバラになる。それを轢断って呼ぶんだって……警察とか救急隊も来るけど、飛び散った体のパーツは鉄道員が拾い集めないとダメみたい。だから、後処理に時間がかかるの。どこまでホントかわかんないけどね」

脅かさないでよ、ともう一人の子が唐橋さんの肩を叩きました。彼女が言ったことが、どこまで本当だったのかはわかりません。

彼女のお兄さんが営団地下鉄の職員だというのは、前に聞いたことがありましたが、確か十歳ぐらい年上だったはずで、何年も前に聞いた話だと本人も言ってましたから、正確な知識ではなかったのかもしれません。

電車が動きだすまで、十分以上待った記憶があります。運転を再開しますというアナウンスが流れて、浦安駅に着くまでスピードが遅かったのも確かです。

今、どうなっているのかはわかりませんが、当時浦安駅には東京ディズニーランドの最寄り駅、舞浜駅への直通バスがあったので、利用する人が多かったんです。電車が浦安駅に停まると、大勢の乗客が降りていき、わたしたちも人波に押される形で、一度ホームに降りました。

全員が降りるまで、一分近くかかったと思います。わたしたちは東陽町の駅へ戻らなければならなかったので、もう一度電車に乗るためにホームで待っていると、やっぱり、と唐橋さんが線路を指さしました。

わたしたちが乗っていたのは先頭車両だったのですが、そこにいたのは数人の警察官、そして救急隊員でした。

「飛び込み自殺した人がいたんだね……そうじゃなきゃ、警察や救急が来るはずないもん」

唐橋さんが得意げに言いました。わたしたちの位置からは線路がよく見えましたが、白い箱を抱えた救急隊員がホームに上がり、警察官と何か話していました。その時、乗客に押されたのか、持っていた白い箱を落としてしまったんです。

蓋が外れて、中からホームに転がったのは、血まみれの人間の頭でした。髪が長かったので女性だとわかりましたが、悲鳴が上がり、慌てて救急隊員がそれを箱に戻したので、顔までは見えませんでした。

嫌な物を見ちゃったねと唐橋さんが言い、わたしたちはうつむいたまま車両に乗り込みました。一瞬のことでしたから、気分が悪くなるようなことはありませんでしたが、できれば見たくなかったというのが本音だったんです。

混み合っていたので、最初は気づかなかったのですが、他の乗客数人を挟んで、わたしたちの後ろに彼女がいました。

浦安駅から東陽町駅へ向かう途中、彼女に気づいた唐橋さんが手を振ると、にっこり微笑んで手を振り返しましたけど、話ができる距離ではなかったので、東陽町の駅に着くまでそのままでした。

時間が同じになったのは偶然ですが、わたしたちは放課後や休日に浦安や西船橋、木場へ行くことが多かったので、どの車両で乗り降りすれば、東陽町駅の改札に一番近い階段があるか知っていました。ですから、同じ車両だったのは偶然ではありません。

東陽町の駅で降りて、そこで彼女と合流する形になりました。一緒に寮へ帰ろう、と唐橋さんが声をかけたんです。

彼女の本名は升元結花で、それは先生方が出席を取る時、その名前で呼んでいたから間違いありません。

ただ、クラスメイトに対しては雨宮リカと呼んでほしいといつも言ってましたし、その頃は高校の時のニックネームなんだろうと思ってましたから、入校して半月も経たないうちに、クラスの誰もが彼女のことをリカと呼ぶようになっていました。

今になってこんなことを言うと、思い込みだと言われるかもしれませんが、彼女が近づいてきた時、二の腕に鳥肌が立ったのは本当です。彼女の薄い唇がむずむず動いていて、何か話したいことがあるのはすぐわかりました。

どうしたの、と唐橋さんが聞くと、誰かが電車に轢かれて死んだみたい、と彼女が言いました。

唐橋さんがうなずき、飛び込み自殺なの、ともう一人の子が聞くと、よくわからない、と彼女が首を振りました。

「直接見たわけじゃないから……みんなは西船橋にいたんでしょ？　リカは浦安でお茶してたの。そろそろ帰ろうかなと思って、ホームで電車を待ってたら、急ブレーキの音がして、飛び込みだって男の人が叫んでた。怖かったからそれ以上見てないけど、たぶん本当なんじゃないかな」

カンベンしてほしいよね、と唐橋さんが顔をしかめました。ずいぶん待たされた、と彼女が舌打ちをしました。不愉快なことがあると、舌打ちをする癖が彼女にはあったんです。

「別に自殺したっていいけど、他人に迷惑をかけないでほしいって……みんなもそう思うでしょ？　リカ、そういう人大嫌い」

そうだよね、とわたしを含め、みんながうなずきました。西船橋の駅から立ちっ放しで、足が棒のようになっていたので、彼女が言ってることもわからないではなかったんです。

寮に戻ってからしばらくして、浦安駅で電車に轢かれたのは桜庭さんだ、という話が伝わってきました。誰から聞いたということではなく、寮にいるとそういう話は自然と耳に入ってくるんです。

まさか、というのが寮にいた全員の反応でした。桜庭さんが自殺する理由なんて考えられません。

総代になるぐらいですから、とても勉強熱心でしたし、立派な看護婦になりたいといつも話していました。電車に飛び込んで自殺するなんてあり得ない、というのがわたしたち全員に共通する想いだったんです。

その後はずっとみんなで桜庭さんの話をしていました。辿っていくと、情報源は寮監の倉重さんという元自衛官のおじさんで、警察から問い合わせがあったそうですが、それ以上詳しい事情がわからなかったので、憶測で話すしかなかったんです。

夕食の時間に、池谷教頭が寮の食堂に来て、桜庭さんが亡くなりました、と暗い顔で話し始めました。ホームに人が溢れるほど混雑していたため、周囲の人に押される形で線路上に転落したらしい、ということでした。

そんな、という声が食堂のあちこちで上がりましたが、池谷教頭は首を振るだけです。不運な事故に遭った桜庭さんのために黙禱しましょうと池谷教頭が言うと、何人かが泣きだし、その場にいた生徒たちの泣き声が重なりました。

クラスの全員が桜庭さんと親しかったわけではありません。でも、同じ専門学校に入った仲間です。

十代の女の子の感傷かもしれませんが、かわいそうだと思ったのは誰もが同じで、わたしも涙が溢れていくのを止められませんでした。

それは彼女も同じで、親友だったのにと途切れそうな声で言ってましたが、連休前の小テストの期間中に一緒に勉強をして親しくなったと、肩を震わせながら涙を拭っていました。

池谷教頭もわたしたちの気持ちをわかっていたと思います。夕食を済ませたら自分の部屋に戻って、早く休むようにと指示がありました。生徒たちを動揺させないための配慮だったのでしょう。

クラスメイトが事故死するというのは、誰にとってもショックな出来事です。食欲も湧かないまま、一人、また一人と席を立ち、自分の部屋に戻っていきました。もちろん、わたしもそうです。

今日の昼まで元気に過ごしていた人が、不運な事故のために亡くなったのです。何をする気力もないまま、パジャマに着替えてベッドに横になりました。涙が止まらず、どうしたらいいのかわかりませんでした。

隣の部屋から〝マヅルカ〟が聴こえてきたのは、九時過ぎだったと思います。彼女の部屋です。

あの曲を聴いたことがあればわかると思いますが、ポーラ・ネグリの歌声は……とても暗くて、老婆のような声です。

ドイツ語で歌っているので、意味はわかりませんが、聴いているといつの間にか気分が落ち込んでしまう……そんな曲です。

彼女がレコードをかけている、とわかりました。桜庭さんの死を悼んでいるのでしょう。

〝マヅルカ〟が鎮魂歌のように聴こえました。

それが戴帽式の日に起きたことです。あの時、わたしはまだ何もわかっていなかったんです。

（渡会日菜子『祈り』）

nurse 2
冷たい雨

桜庭さんが駅のホームから転落して、轢死したのは土曜の夕方でした。お葬式があったのはその三日後の五月十五日、火曜日だったと思います。

青美からは校長をはじめ、すべての教職員、そして一年生全員が江戸川区の草廉寺(そうれんじ)という寺での葬儀に参列しましたが、入学してひと月半ほどで亡くなった桜庭さんのことを考えると、かわいそうにという思いが誰の胸にもあったはずです。

桜庭さんの死については、誰もが不運な事故だと考えていました。彼女の死を悼む気持ちに嘘はありません。

看護婦になるという夢を抱いて青美に入校し、そのために努力していたことも知っていました。成績も優秀でしたから、きっと立派な看護婦になったでしょう。

生徒全員がショックを受け、驚いたのは言うまでもないと思いますが、温度差というか、生徒たちの中で受け止め方に違いがあったのは本当です。A組の生徒全員が桜庭さんと親しかったわけではなかったからです。

葬儀の時に泣いていた生徒も何人かいました。その子たちは日頃から桜庭さんと仲が良かったので、他の生徒より辛かった気持ちはわかります。

その中の一人に彼女がいたのは、意外といえば意外でした。あの日、わたしたちは授業を終えた後、学校が用意したバスで寺へ向かったのですが、その間も、そしてその後も、静かに泣き続けていたんです。

焼香の後、桜庭さんのご両親に頭を下げ、大粒の涙を溢れさせながら、本当に寂しいですと辛そうに言っていた姿が、今も記憶に残っています。

四月の頭に青美に入校し、すぐに寮生活が始まっていました。共同生活ですから、普通の大学生より親しくなる時間があったのではないかと中原先生は思うかもしれませんが、それは違います。寮での暮らしに慣れる方が、優先順位としては高かったんです。

確かに、朝食や夕食の時や、授業の合間の休み時間、ランチタイムなど話す時間はありましたし、休日に誘い合って出掛けたりする小さなグループもいくつかできていました。

仲良くなっていたのは本当ですが、クラスの生徒は、それぞれが青美で初めて会ったわけですし、少なくとも連休明けまで、本当の意味で友達と呼び合える人はそんなにいなかったのではないでしょうか。

一緒に過ごす時間が多ければ、友達と言ってもいいのかもしれませんが、中学や高校の友人とは違います。うまく説明できませんが、わたしはそう感じていました。

桜庭さんはいわゆる優等生で、真面目な人でしたから、親しくしていたのも同じタイプの生徒で、仲が良かったあの子たちが泣いていたのはわかります。

でも、彼女は……彼女が桜庭さんと話しているのを見たことがなかったので、いつそんなに親しくなったのだろう、と不思議に思ったのを覚えています。

帰りのバスの中は、とても静かでした。親しかった人も、そうではなかった人も、同じクラスの生徒が事故死すれば、どうしてもそうなるでしょう。話したりする雰囲気ではなかったんです。

生徒が事故死したのは、青美としても大きな問題でした。あの日は戴帽式こそありましたが、その後は外出も含め行動は自由で、形としては休日と同じだったんです。

　ですから、桜庭さんの死に学校側の責任はありませんが、警察への対応、ご両親などへの配慮、生徒たちの精神的なケア、いろんな意味で大変だったと思います。葬儀の後も落ち着くことはなく、週末まで混乱が続いていました。

　ただ、桜庭さんの死は事故によるものですから、必要以上の騒ぎにはなりませんでした。週明けには、それまでと同じような日常が戻っていたんです。

　でも、まったく同じということではありません。そこに戸惑いというか、葛藤があったのも本当です。

　罪悪感というと違うかもしれませんが、大声で話したり、笑い合ったりするのは桜庭さんに申し訳ないという思いがあったんです。

　どうしてもクラスの雰囲気が暗くなってしまうというか、例えば夕食の際に寮の食堂で話す時も、声が小さくなってしまう……誰の責任でもないのですが、そういう空気が流れていたのは確かです。

　桜庭さんの死について、誰かが一緒にいれば、あるいは浦安駅のホームは人が多いから気をつけてと注意していたら、あんな事故は起きなかったかもしれない……考えても意味はないとわかっていても、運が悪かったというひと言で割り切ることはできませんでした。

何をしていても、どこかで桜庭さんの死を意識せざるを得ない……あの時のわたしたちの気持ちは、誰にもわからないでしょう。

半月ほど、そんな毎日が続いていました。わたしたちは十八歳とか十九歳で、死に慣れていない年齢でしたから、突然の桜庭さんの死による精神的なショックから、立ち直れずにいたんです。

五月最後の月曜日、二十八日だったと思いますが、授業中に折り畳んだ手紙が廻ってきました。〝夕食後、オレンジルームに集合。リカ〟それだけが書いてありました。

わたしを含め、クラスの誰もその意味をわかっていなかったのですが、何か話があるのだろうと察しはつきましたから、食堂で夕食を終えた後、みんなでオレンジルームに向かったんです。

中に入った時、思わず息を呑んだのを覚えています。壁一面に「元気を出して！」「ファイト！」「頑張ろう！」……そんな励ましの言葉を色とりどりのマジックインキで大きく書いた画用紙が貼られていたからです。

そして、床には数え切れないほどたくさんのお菓子やケーキ、コーラやジュース、お茶のペットボトルが置かれていました。オレンジルームの真ん中に立っていた彼女が、好きなところに座ってと言い、わたしたちはそれぞれ適当な場所に腰を下ろしました。

悲しんでばかりいても桜庭さんは喜ばない、と彼女が口を開きました。その言葉で、わたしたちの中にあった負の感情が嘘のように薄れていくのがわかりました。

桜庭さんのためにも青美での日々を有意義に過ごさなければならない……それは誰にとっても免罪の言葉だったんです。

「リカは思うの。同じ看護専門学校に入って、同じクラスになったのは、偶然なんかじゃない。縁なんだって。だから、いろんなことを話して、仲良くなった方がいい。嫌なこと、辛いことがあっても、励まし合って頑張れば、きっと夢はかなう。リカ、間違ってる？」

彼女の一人称は常に〝リカ〟で、はじめは気になりましたが、この頃になるとわたしたちも慣れていました。そして、彼女の言っていることは正しい、と誰もが思ったんです。

もっと前向きになった方がいい……彼女の言葉がわたしたちの方向を決めたということかもしれません。

翌日から夕食の後、わたしたちは毎日のようにオレンジルームに集まり、お菓子を食べ、お茶やジュースを飲みながら、いろんな話をするようになりました。

桜庭さんのことは忘れた方がいい、といつの間にか思うようになっていました。そんな日々が続いていたんです。

（渡会日菜子『祈り』）

警視庁捜査一課、山之内巡査長（現在は退職）に、広尾の雨宮家について筆者は数度にわたりインタビューを試みた。山之内巡査長は現在××病院（病院名は伏せる）に入院している菅原警部補から、当時の状況を聞いていた数少ない証言者の一人だ。

以下、山之内巡査長の記憶をもとに、菅原警部補の証言をまとめる（カッコ内は山之内氏本人及び筆者の注、疑問、意見等）。

1．雨宮家に出入りしていた者が不自然な形で死亡、もしくは消息を絶っている（家庭教師、ピアノ教師、家政婦その他）

2．雨宮武士氏（世帯主）は轢き逃げにより死亡している。犯人はまだ捕まっていない。

（違和感あり。同氏は自宅から数百メートル離れた公園前の通りを歩いている際、轢き逃げに遭っているが、時間は深夜一時で、なぜそんな遅い時間に外に出ていたのか、警察に事情を聞かれても妻は明確な答えをしていなかった）

3．雨宮家の家族構成——a、雨宮武士（夫）b、雨宮麗美（妻）c、梨花（長女）d、結花（次女。なお、二人は二卵性双生児）

4．雨宮麗美は新興宗教団体／団体名×××（団体名は伏せる）に帰依していたと思われ

る
5. 麗美は××××教団の教祖Aに、多額の寄付をしていた。最終的に麻布にあったクリニックを売却し、三千万円前後がAに渡ったようだが、正確な金額は不明
6. 複数の証言があり、時期ははっきりしないが、麗美は妹の結花を連れて××××教団に入信、同時に出家したと考えられる。現在同教団は解散。麗美、結花も含め、所在不明な信者が多数いる
7. その間、姉の梨花が広尾の自宅で暮らしていたことについては周辺住人その他の証言がある。なぜ母親の麗美が妹の結花だけを連れ、××××教団に入信したかは不明（重大な疑問点）
8. 高校入学に際し、梨花は父方の親戚、升元奈緒美（なおみ）（雨宮武士の姉。なお、武士は婿養子。旧姓は遠山（とおやま））に引き取られ、埼玉県××市の市立××高校に入学（地名、学校名は伏せる）
9. 奈緒美の夫、升元満春（みつはる）は土木会社L社勤務。結婚の翌年、長男和也（かずや）が生まれている。その三年後、満春は作業中に工事現場で転落死している。翌年、奈緒美は××市で不動産業を営んでいた伊沢久司（いざわひさし）と再婚し、戸籍上は伊沢姓になっているが、その後も升元姓を名乗っていた。

なお、伊沢は結婚当時四十八歳で、一人息子の博俊（ひろとし）は十七歳だった。結婚時、奈緒美は三

十一歳。更に、伊沢は結婚から二年後、帰宅途中に強盗に襲われ、死亡している（犯人は逮捕されていない）

10．梨花が高校3年の時、奈緒美、息子の和也、義理の息子博俊が自宅でガス中毒死する事故が起きている

別項I・不明点＝a、升元奈緒美が梨花を引き取った経緯／b、奈緒美は梨花を結花と呼んでいたとの証言がある／c、高校の入学試験は「升元結花」として受験している（生徒名簿、卒業名簿等も升元結花と記載）／d、ただし、本人は同級生その他に「雨宮リカ」と名前を言っている（複数証言あり）↓升元姓に馴れていなかったためか？／e、雨宮リカは友人に、「伯母が自分を妹の結花と勘違いしている」と話していた

別項II・山之内巡査長によれば、菅原警部補は前記1から6について、特に詳しい事実関係を把握していなかったと思われる（当時、菅原警部補は杉並区内の所轄署に勤務しており、管轄外だったため。7から10については、山之内巡査長の調査による）。不審な点こそあるが、事件性はないと菅原警部補は考えていたようだ、と山之内巡査長は語っている。

（溝川耕次郎『彼女を殺したのは誰か？』）

A組の生徒が彼女を中心にまとまっていったのは、いくつか理由があります。桜庭さんが亡くなったために、落ち込んでいたわたしたちを励ましたのがきっかけだったのは間違いありませんが、それだけではありません。

ひとつは単純にルックスです。スリムな体型で、ファッションモデルのような美人でしたから、誰の中にも憧れに似た気持ちがありました。そういう人がリーダー的な立場になるのは、女子だとよくあることなんです。

控えめで、物静かで、大人びていて、それでいて誰とでも別け隔てなく話し、おとなしい子に声をかけたり、気遣いもできる人でした。

成績も良かったですし、生活態度も真面目でしたから、リーダーにふさわしい、とほとんどの生徒が思っていたのではないでしょうか。

育ちの良さは、話していればすぐにわかりましたし、後の話になりますけど、クラスメイトの誕生日にプレゼントを贈ったり、ひと言で言えばお金持ちのお嬢様ということになります。私服や私物のバッグなどもすべてブランド品でした。

おおげさな言い方になるかもしれませんが、生まれついてのプリンセスだと、誰もが認めていたんです。

でも、一番大きかったのは、彼女が自分の生い立ちを話したことではなかったでしょうか。

最初にA組の生徒をオレンジルームに集めた時、彼女が話していたことは、よく覚えています。

「みんな、最初のホームルームの時、自己紹介したでしょう？　いきなり自分のことを話せって言われても、難しかったんじゃない？　あんな風にちょっと話したって、お互いのことなんか何もわからないってリカは思う。先生がいる前だと、話せないこともある。でも、これからのことを考えると、それぞれがお互いのことを理解していなきゃ駄目なんじゃないかな」

　みんなが曖昧にうなずいていました。彼女の言う通りですが、自分のことを何もかも話すというのは照れもありますし、ホームルームでの自己紹介とは違った意味で、難しいと思ったのでしょう。

　その反応は予想済みだったのか、それじゃリカから話すね、と彼女が薄い唇を開きました。

　青美に入校して初めてのホームルームで、担任の秋山先生が自己紹介の時間を設けていましたし、その後も学校や寮生活を通じ、休み時間やランチタイム、夕食の時、話す機会は毎日のようにありました。

　ただ、中学や高校の同級生とは違い、いきなり何でも話せる関係ではなかったのも本当です。多くの人がそうだったと思いますが、自分のことを多少曖昧に話していたところもありました。

それは彼女も同じで、わたしたちが知っていたのは、彼女の父親が外科医で、麻布でクリニックを開いていたこと、広尾で生まれ育ち、有名な私立光陽学院を卒業したとか、そういう基本的なことだけだったんです。

クラスメイトたちの顔を順に見つめていた彼女が、リカのパパは交通事故で亡くなった、と唐突に言いました。驚きが先に立って、わたしたちは何も言えませんでした。

「轢き逃げだったの。まだ犯人は捕まっていない。遺体は正視できないほど酷い状態で……」

切れ長の目から大粒の涙を溢れさせ、伸ばした両手の指が震えていました。全身から深い哀しみが伝わってくるようで、何を言えばいいのかもわからなかったほどでした。

かわいそう、と何人かが声を上げましたが、嫌なことは忘れちゃった、と彼女が涙を拭って笑みを浮かべました。健気な様子に、その場にいた者の多くが貰い泣きしていました。

「パパが天国へ行くまでは、何もかもうまくいってた。ママと妹の四人で、幸せに暮らしていたの。とってもカッコよくて、オシャレで、小さい頃から自慢のパパだった。でも、あんなことになるなんて……」

後でわかったことですが、彼女が父親の話を始めると、それは際限なく続きます。ファザコンだったのは間違いありません。

その時、父親の写真を見せてくれましたが、俳優のように整った顔立ちで、とても素敵な男性でしたから、自慢に思うのは当然でしょう。

ファザコンの傾向が強い女子は少なくありませんし、精神医学的に言えば、女の子の初恋の相手は父親だと聞いたことがあります。

あの時、父親の話をしたのは、彼女にとってとても大切な人だということ、それをみんなに話すことで、隠し事はしないというメッセージを込めるつもりがあったのでしょう。母親への嫌悪を隠さなかったことからも、それは間違いないと思います。

「ママはリカのことを嫌いだった、妹のことばかり可愛がっていた」

表情を一変させて、彼女が言いました。ただ、家族のことは、他人に理解できない部分がありますす。だから、わたしたちは彼女の話を黙って聞いているしかなかったんです。

彼女の母親は新興宗教の教祖に騙されて、寄付という名目で多額の金を渡していたそうです。最終的に母親は妹を連れて教団に入信したため、父親の姉の家に引き取られた、と声を震わせながら話していました。

まるで小説のような話ですが、嘘ではないのが声音や態度からわかりました。それからどうなったのと誰かが促すと、思い出したくない、と彼女が首を振りました。

「でも、何でも話そうって言ったのはリカだから……ママと妹がいなくなったのは、中三の終わり。担任の先生に相談したら、パパのお姉さん、つまりリカの伯母さんに引き取られることになった。幼稚園の時に会ってるのよって言ってたけど、リカは全然覚えてない。詳しいことはわからないけど、その人がリカを養女にしたの。だから、雨宮って名字が升元に変わった。それもすごく嫌だった。何となくだけど、升元ってカッコ悪くない？」

小さな笑いがいくつか起きました。中原先生には伝わりにくいかもしれませんが、名字のことはジョークだと誰もがわかったんです。

そういう点で、彼女はとても話が上手でした。深刻な話をしていたかと思うと、一転して笑い話に変えてしまったり、その逆もあります。聞いているわたしたちとしては、次に何を話すのかと期待せざるを得なくなるのです。

声が良かったこともありました。少し湿った感じで、大人の女性のようですけど、自分のことをリカと呼んだり、子供っぽいところもあって、ギャップということかもしれませんが、いつまでも聞いていたいと思える声だったんです。

ただ……わたしにはその時から違和感がありました。何かがおかしい、と感じていたんです。

彼女のことを嫌っていたのではありません。まだ知り合って二カ月も経っていませんでしたから、嫌う理由なんてないんです。

同じクラスの生徒が事故で亡くなれば、誰でも落ち込みます。ひと月半でも席を並べていた同級生は、丸っきりの他人と言えません。ショックを受けなかった者はいなかったでしょう。

彼女はそんなわたしたちを励まし、力づけようとしていました。簡単にできることではありません。とても立派で、尊敬できる人だという想いは誰の中にもあったはずです。

でも……理由はわかりませんが、彼女に近づいてはならない、触れてはならない、そんな警告音がわたしの頭の隅で鳴っていたんです。必ず良くないことが起きる、とわかっていました。

でも、わたしはそれを無視しました。気づかないふりをしたんです。

(渡会日菜子『祈り』)


――青美看護専門学校の火災では、生徒百十九人、校長を含め教職員五人が亡くなっています。堂本(どうもと)先生(仮名)は当時青美で教えていたそうですが、戴帽式には参加していなかったんですか?

堂本昌子「もう十五年ほど前のことですから、はっきりしたことは覚えていませんが……あの頃、私は青美で体育を教えていました。教職員全員が戴帽式に出ていたという報道もありましたけど、それは間違いです。専科、と青美では呼ぶ習慣がありましたが、体育、美術、音楽の教師は基本的に学校行事に参加しないことになっていました」

——では、一度も戴帽式に出たことはなかった？

堂本「いいえ、二回あります。私は日亜大学の体育学部を卒業後、板橋区の区立中学で体育を教えていましたが、授業中に靭帯を断裂したこともあって、二十六歳の時に自主退職しました。以前から青美の池谷教頭を知ってましたので、怪我が治った時に相談すると、専科の講師として体育を担当してほしいと頼まれたんです。二十七歳で青美の体育教師になりましたが、あの事件が起きたのはその八年後です。最初の二年だけは、戴帽式に参加しました。普通の学校にはない行事ですから、単純に興味があったんです。ただ、その後は出ていません」

——消防の報告書によると、生徒が持っていたロウソクの火がカーテンに燃え移ったために火災が起きたということですが

堂本「あり得ません。それは警察で何度も話しました。私が知っている限り、戴帽式では教職員はもちろん、生徒の側も火災に気をつけていました。万一に備えて、消火器も用意され

てましたし、火元責任者の教師もいたんです。それに、生徒が座る講堂の長椅子はカーテンと離れていました。ロウソクの火が燃え移るなんて、考えられません」

――不可解な点があったのは、消火に当たった消防士も認めていますが、他に出火原因が考えられないため、ロウソクの火が燃え移ったという結論に至ったそうです。堂本先生はどう思いますか？

堂本「放火です。犯人もわかっています」

――それは誰です？

堂本「升元結花です。本人は雨宮リカと名乗っていましたけど、あの子が放火したんです。間違いありません」

――根拠は何ですか？

堂本「青美では一、二年生共に、週に二度、体育の授業がありました。体育教師は私だけです。あの子と最初に顔を合わせた時から、何かがおかしいと思っていました。普通の生徒に見えますけど、違うんです。異物が混じっている……それがあの子の第一印象でした。人として何かが欠落してるというのではなく、最初から決定的に壊れていて、誰にも直すことができない、そういうことです。何を言っても信じてもらえないでしょうけど」

――本人と話したことはありますか？

堂本「話というか、注意したことは何度かあります。青美は看護専門学校ですから、生徒のほとんどが女子ですけど、あの子の学年には男子生徒が五人いました。当時は珍しかったと思いますが、男女共学だったんです。ただ、二年制でしたから、一、二年生の男子を合わせても十人ほどだったので、体育の授業は女子と一緒に受けることになっていました」

――それで？

堂本「男性の前だと、露骨に態度が変わる女性がいますよね？　私も五十を過ぎていますから、そんなことで文句を言う気はありませんけど、あの子もそうだったんです。でも、そういう子は同性から嫌われます。悪賢いというと言葉が過ぎるかもしれませんが、あの子はすべてを計算していたんでしょう。誰にも嫌われないように、巧みというか、とても自然な形で男子生徒に近づいていました。あの子の意図に気づいていた女子生徒は、いなかったと思います。青美には恋愛禁止とか、そんな校則はありませんでしたし、あの年齢の女の子なら異性に興味を持つのは当然です。でも、あの子はもっと……」

――もっと……何です？

堂本「……性的な何かがあったと思ってますけど、憶測ですし、考え過ぎだと言われたら否定できません。でも、いずれは周囲の女子たちもあの子の本当の姿に気づいたでしょう。その時は、必ず反感を買うことになります。それは本人のためになりませんから、二度ほど呼び出して注意しました。でも、何を言っても聞き流すだけです。そういう子だとわかったので、それからは何も言わないようにしました」

――何も言わないようにした？　どういう意味です？

堂本「一線を越えたら、恐ろしいことが起きるとわかったんです。理由はありませんし、説明もできません。ただ、わかったんです」

――注意したのは、いつ頃ですか？

堂本「一学期の夏休み後です。何を言っても無駄だから、注意するのを止めたんじゃありません。何かがはっきりと壊れている者に近づいてはならない、そう感じたんです。あなたはノンフィクションライターだそうですけど、あの事件についてもっと調べるべきだと思いますよ。あの年の一学期の終業式の後、二年生の男子生徒が争って、一人がもう一人を刺し殺し、逃げようとして車に轢かれた事件がありましたけど、あの子が関係しているはずです。他にも生徒の飛び降り自殺とか、池谷教頭のこととか……」

――不審な事件が続発していたのは事実ですが、升元結花も火災のために死亡しています。真相を明らかにするのは難しいと……

堂本「あの子が死んだ？　そんなはずないでしょ」

（山倉尚人『消えた看護学校』）

五月の最終週から、午前中の基礎科目、午後の看護学に加え、青美と提携していた徳山会系の梅ノ木総合病院で研修が始まりました。その頃にはわたしたちの間で桜庭さんの話が出ることもなくなっていました。

冷たく聞こえるかもしれませんが、それどころではない、というのが正直なところで、研修のことで頭が一杯だったんです。

あの頃、看護専門学校のほとんどは三年制でした。大学の看護学科だと四年制です。でも、青美は二年制の専門学校でした。

当時、二年制の看護専門学校は決して多くなかったと思います。三年制の専門学校では、二年から病院での実習、研修が始まると聞いていましたが、青美では一年の五月末から研修を行なうことになっていました。二年制なので、そうせざるを得なかったのでしょう。

研修と言いましたが、実際には見学です。わたしたちは入校してまだ二カ月とかそれぐらいでしたから、資格という以前に看護婦（士）としての知識も経験もありません。

ただ、習うより慣れろと言うように、現場で見なければわからないこともあります。研修の重要性は誰もがわかっていましたし、医師や現役の看護婦、患者さんがいますから、気を抜くことはできません。

梅ノ木総合病院は青美から二キロほど離れていました。週に二度、午後の授業が終わった後にクラス単位で歩いて通い、二、三時間見学し、週明けにはレポートの提出が義務づけられていたんです。

基礎科目、看護学の授業でも、課題や宿題が毎日のようにあります。二年で准看護婦の資格を取得するためにはやむを得ないのかもしれませんが、ストレスが溜まっていくのが自分でもわかるほどでした。

休めるのは、夕食後の数時間だけです。門限の十時までに戻れば、外出も許可されていましたが、あの頃、東陽町駅の周りには遊ぶところもそれほどなかったですし、そんな気力もありませんでした。

休日はともかく、平日はオレンジルームに集まってみんなでお喋りをするぐらいしか、ストレス発散の場はなかったんです。

よく五月病と言いますけど、あの頃のわたしたちもそうでした。青美に入校し、授業や寮生活にも慣れ、少し気が抜けていたのかもしれません。

だらだら、と言うと言葉が悪いかもしれませんが、親しくなったクラスメイトとオレンジルームで過ごす方が、気楽だったんです。

でも、エネルギーが有り余っている人もいました。夜十一時に点呼があるのですが、その後部屋の窓から抜け出して、朝まで遊んでいるような、そんな子たちです。（五十嵐注・二階から六階の生徒は、一階のトイレの窓から外に出ていた）

寮は男子禁制でしたし、寮監の倉重さんが守衛も兼ねていたのですが、その目を盗んでボーイフレンドを自分の部屋に入れたり、大胆なことをしている子も何人かいました。

芳川加奈子（よしかわかなこ）さんという生徒はその代表格で、気配に気づいた倉重さんが部屋に入ろうとして、慌てた加奈子が彼氏をベランダに出し、友達の部屋に逃がしたという笑うに笑えない話もあったほどです。

あの子たちは、スリルを求めてそんなことをしていたんでしょう。寮はある種の閉鎖空間で、寮則も厳しく、抑圧されていたところもありましたから、そういう形でガス抜きをしないとフラストレーションが爆発してしまったかもしれません。

ただ、見つかったら退校処分になるとわかっていましたから、そんな子はごく少数でした。悪く言うつもりはありませんが、看護婦としてどうかと思うところもあるような派手な子ばかりで、加奈子とそのグループの数人は、オレンジルームでの集まりにも加わりませんでした。

そういう子が羨ましい、と思っていた人もいたでしょう。自由に見えたのは本当で、嫉妬というより、いいなあ、ぐらいの感じかもしれません。

　でも、ボーイフレンドがいても休日に会うだけで我慢している子がほとんどでしたから、そういう派手に遊んでいる加奈子たちを嫌っていた生徒の方が多かったはずです。

　彼女もその一人でした。いえ、誰よりも不快に思っていたと言った方がいいかもしれません。

「あんなことをするのは頭が悪い子だけ。軽い女って思われるのが、わからないのかな」

　リカはあんな馬鹿な子と違う、というのが彼女の口癖でした。断定的な物言いをするところが彼女にはあり、不快感を露（あらわ）にする姿は目立っていました。

「今は楽しいかもしれないけど、最後には絶対損をする。結局、男の人はピュアな女の人が好きなの。遊ばれて捨てられて、そんなの最悪じゃない？」

　見下すような口調で言う彼女に、わたしたちもうなずいていました。表現はともかく、彼女が言ってることは正しい、と誰もが思っていたからです。

　男の子の友達はたくさんいるけど、付き合ったことはないと彼女はいつも話していました。でも、たぶんそれは嘘だったのでしょう。

　青美には一、二年生合わせて、十人の男子生徒がいましたが、全員が彼女に好意を持っていたと思います。美人でしたし、儚げで、どこか蔭のある雰囲気もありましたから、男子人気が高かったのはよくわかります。

ルックスもスタイルもよく、真っ黒な長い髪を頭の後ろでまとめているその姿には、同性のわたしでもはっとするほど色気がありました。

清楚で、品があって、どこか守ってあげたいと思わせるところがある……男性との交際経験がなければ、その方がおかしいでしょう。

男子生徒との距離が近すぎるところがあったのも本当です。腕や肩に触れたり、彼らと話す時はうまく相槌を打ったり、声を上げて笑ったり……ブラウスのボタンをひとつ、ふたつ外していたこともありました。

男性教師に対しても、積極的に質問したり、時には職員室へ行って教えてもらうこともあったようです。授業態度が真面目なのも、その方が好感を持たれると思っていたからでしょう。

寮の部屋に彼氏を入れる女子生徒を〝尻軽〟と呼んでましたが、彼女にもそういう面があったとわたしは思っています。ただ、とても巧みなやり方をしていたので、気をつけて見ていなければわからない……彼女にはそういう一面があったんです。

わたし以外にも、同じことを考えていた生徒が何人かいました。〝尻軽〟ではないにしても、男子生徒や男性教員に媚びるような態度を取っていたのは確かで、本人に直接そう言った子もいたんです。

そんなつもりはない、というのが彼女の答えでした。リカは青美にいる人がみんな大好きで、誰とでも親しくしたい、男女の間でも友情は成立すると言ったそうです。

理屈はわかります。性別は友情の妨げになりません。彼女の答えを聞いて、誰もが納得していました。

でも、わたしは……ニュアンスが伝わりにくいと思いますが、何かが違うと感じていました。視線や表情、ボディタッチ、あらゆる手段を使って、男子生徒たちの好意を得ようとしている気がしていたんです。

誰も見ていなければ、胸ぐらい触らせるかもしれない……そんな雰囲気さえありました。それはある意味で正しく、別の意味では間違っていました。彼女は看護士を目指している男子生徒に、何の興味もなかったんです。むしろ、馬鹿にしていたのでしょう。

話が飛びますが、彼女が好意を寄せていたのは担任の秋山先生でした。三学期に入ってしばらくした頃、お正月に彼女が秋山先生の家へ行った、という噂が伝わってきたことで、それがわかったんです。

秋山先生は既婚者で、愛妻家ぶりは周囲の先生方からからかわれるぐらい、よく知られていました。元日に秋山先生の家を訪れた彼女は、秋山先生と結婚を前提にお付き合いしていいるので、離婚してほしいと奥様に直接話したそうです。

奥様が冷静に対処したこと、秋山先生には二人のお子さんがいたのですが、夏には三人目が生まれる予定だと話すと、彼女は無言でその場を去ったと聞きました。

もっとも、これは噂に過ぎません。秋山先生の口から聞いたわけでもないので、事実かどうかは今もわからないままです。

いずれにしても、男子生徒に媚を売っているのは、彼女の言葉を借りると〝ただの勘違い〟ということになります。でも、熱心に言い寄ってくる男子もいました。その一人が二年生の野宮(のみや)さんという生徒です。

学年が違うので、ほとんど接点はありません。身長が高くて、スポーツが得意だったので、顔や名前は知っていましたが、それだけです。彼女と野宮さんが、いつ、どうして親しくなったのか、それもわかりません。

毎日、昼休みに野宮さんが一年A組の教室まで来るようになったのは、七月のはじめ頃でした。オレの彼女、と二年生の友達に言っていたのを聞いたこともあります。

ノミくんにつきまとわれて困ってる、とオレンジルームで彼女が話しだしたのは、それと同じ時期でした。

「リカ、そんなつもりは全然ないのに、ノミくんは何か勘違いしてるの。ちょっと嫌だな、ああいう人。友達って言ってるのに、しつこく誘ってくるし……どうしたらいいんだろう？」

「告白されたの？」

オレンジルームにいた女子の間から、いくつもの声が上がりました。そこは女子ですから、恋愛の話が一番盛り上がるんです。

詳しく教えてよとせがむ子に、彼女がポーチから何枚かの便箋を取り出して、記されていた文章を読み始めました。

『ねえ、明日の夜、リカちゃんの部屋に行っていい？　何時でもいいから！』

無理って断ったの、と彼女がもう一枚の便箋を隣の子に渡しました。

「そんなこと、できるはずないでしょ？　でも、先輩だから、あんまり強いことも言えなくて……勉強で忙しいから、そんな時間はないですって遠回しに断ったら、すぐまた手紙を渡されたの」

『じゃあ、部屋じゃなくてもいい。明日でなくてもいいから、今度の休みはどう？　ずっと一緒にいたいな。何もしないから、信じて！』

隣の子が手紙を読み上げると、リカのこと何だと思ってるんだろう、と彼女が冷たい声で言いました。

「すごく嫌な感じ。何もしないなんて、するって言ってるのと同じじゃない。でも、下手に断ると何されるかわからないし……だから、外でお茶飲むだけならいいですって返事したの」

それからどうなったのと誰かが聞くと、また手紙を渡された、と彼女が三枚目の便箋を広げました。横から覗き込んだ別の子が、すごいと言って便箋を手にしたんです。

「『リカちゃん、ホントにお願い！　優しくするから！　約束する』だって。野宮さん、こんな気持ち悪いこと言うんだ。信じらんない」

ノミくんのことは友達だと思ってる、と彼女がため息をつきました。

「でも、うまく伝えられないリカが悪いのかもしれない。とにかくしつこくて……。しょうがないから、先週の日曜、西船橋の喫茶店で会ったのね。そうしたら、いきなり抱きついてきたの」

サイテーと何人かが言って、笑いが起きましたが、笑い事じゃない、と彼女が表情を強ばらせました。

「その場にいたら、ホントに怖いよ。もう無理って、店を飛び出した。二度と会いたくない」

彼女と野宮さんの間で何があったのか、本当のところはわかりません。でも、野宮さんがしつこく迫ったり、手紙を渡していたのは確かです。

手紙にハートマークがいくつも描いてありましたが、それが気味悪いとか、生理的に無理とか、文面が怖いとか……結局エッチのことしか考えていないんだよね、とみんなで野宮さんのことを笑っていました。あのぐらいの年齢の女子には、そういう残酷なところがあるんです。

オレンジルームに、いつまでも笑い声が響いていました。それが一学期の終業式で起きた事件と繋がるなんて、誰も思っていなかったんです。

（渡会日菜子『祈り』）


『本当にあった衝撃の怪奇事件』（以下、『ほん怪』）編集に当たり、筆者と編集チーム内からテーマとして真っ先に上がったのは、青美看護学校火災事件だった。

平成三年（一九九一）の五月に起きたこの事件では、百二十人以上の生徒、教職員が焼死している。当時、日本の火災史上最も死者が多かったことでも、よく知られている。

概要は別項にまとめているが、（五十嵐注・説明が重複するため、ここでは割愛）死亡した生徒は全員二年生で、一年生は火災現場の講堂にいなかったため無事だった。

この火災事件については、マスコミ等で何度も取り上げられてきた。学校関係者、保護者、そして一年生に対して取材も行なわれており、検証済みの部分も多い。

そのため、新事実は発見できないだろうという意見もあったが、筆者が着目したのは卒業生だった。具体的に言えば、犠牲になった二年生の一学年上、つまり同年三月末に卒業した生徒たちだ。

過去の報道等をチェックすると、盲点ということなのか、新聞、テレビ、雑誌、ネットも含め、卒業生に取材したマスコミ媒体はなかった。

ただし、調査が困難なのもわかっていた。事件が起きてから、約十五年という長い時間が経っている。当時の卒業生は二十歳前後だったから、現在は三十五歳前後ということになる。

彼女たちは（一部、男子生徒も含まれている）青美看護学校で火災が発生し、多数の犠牲者が出た事件を、ニュース等を通じて知ったはずだ。だが、その時点で既に卒業していたし、看護師として仕事を始めていただろう。

誤解を恐れずに言えば、卒業した専門学校で何があっても、自分とは関係ないと考えてもおかしくない。しかも、十五年という時間の壁がある。当時のことをどこまで覚えているか、それも不明だ。

火災が起き、百二十余人の死者が出たため、翌年の三月に青美看護学校は廃校となった。

経営母体だった薬品会社も倒産している。当時、青美が管理していた生徒名簿等、資料は散逸し、今となっては見つける術もない。

わかっているのは、青美の生徒が一学年百二十名だったことだ。そのほとんどが看護師になったと考えていいだろうが、現在どこの病院に勤務しているか、調べることはほぼ不可能だ。

それでも、青美看護学校火災事件に多くの謎が残されていることは確かで、『ほん怪』でそれを取り上げないわけにはいかない。筆者と編集チームは伝(つて)を辿って地道に卒業生を探し続けた。

結果として、数人との接触に成功し、新たな証言を得るに至った。本章では青美看護学校火災事件だけでなく、同校における様々な怪事件について検証していく。

（渡秋吉『本当にあった衝撃の怪奇事件・東日本編』）

青美は二年制の専門学校でしたから、細かい点で他校と違いがありました。夏休みの期間が八月一日から三十一日までと短かったのも、そのひとつです。青美ルールと呼ばれていましたが、創立以来の伝統と言われれば、従うしかありません。

青美の校舎は元区立病院を改築した五階建の建物で、他の専門学校と比べてフロア面積が広いことで知られていました。区立病院には内科、外科をはじめ、多くの診察室があったのですが、それをそのまま教室に転用していたんです。

一階にはエントランスと職員室、学生課や会議室がありました。一年生は二階フロアに三クラス、二年生は三階フロアに同じく三クラスが入り、四階と五階は実習室をメインに、研修室や実験室、カフェテリアと呼ばれる小さな喫茶店もあり、当時としては先進的な専門学校だったのではないでしょうか。

もともと青美は木場にあり、東陽町へ移転するに当たって区立病院の内部を改築したと聞いていますが、エレベーターだけは以前のものが使用されていました。

古い映画でしか見たことのない、扉ではなく、鉄の柵を左右に開き、乗り降りする旧式のエレベーターです。

患者の移送のため、ストレッチャーがそのまま入る広さがありましたが、スピードは遅く、操作も手動で行なわなければなりません。四基ありましたが、移転直後に職員が鉄の柵に腕を挟み、骨折するという事故が起きたこともあり、生徒の使用は禁止されていました。

わたしたちが各階を移動するには、階段を使うしかありません。入校した時は一階から二階へ上がるだけでしたので、特に不便とは思わなかったのですが、実習の授業が始まると、二階から五階まで歩いて上がることも多くなりました。

梅雨のシーズンになると、ひとつ上のフロアへ行くだけで汗だくになるほどです。七月になると、三十度を超える日も珍しくなかったので、みっともない話ですが、階段を上がって教室に入ると、女子生徒は制服のスカートを広げて、下敷きで扇ぐのが当たり前になっていました。

今でも覚えていますが、あの年は七月二十三日の月曜から期末テストが始まり、二十七日の金曜に終わりました。その後、二十八、二十九日の休みを挟み、三十日の月曜に成績が発表され、翌三十一日が一学期の終業式、というスケジュールです。

梅ノ木病院での研修が、七月から週三回に増えていたこともあり、毎日があっと言う間に過ぎていきました。

一年生は基礎科目のテストに加え、看護学のテストがあり、生徒側としては初めて受ける授業でしたから、出題の傾向もわかりません。二学期以降はある程度予想できるようになりましたけど、この時はとにかくひたすら勉強するしかなかったんです。

看護婦（士）になるためには、看護婦国家試験を受け、合格しなければなりません。正確に言えば、二年制の専門学校である青美を卒業して得られるのは、准看護婦の受験資格です。

看護婦免許は厚生大臣が発行する国家資格ですが、准看護婦免許は都道府県知事が発行します。専門学校を卒業すれば、国家試験受験資格を得ることができますが、受験しただけで看護婦になれるわけではありません。

ただ、実際の医療現場では看護婦と同じように働くことになりますし、長い目で見ると待遇面に差がありますが、准看護婦から正看護婦になることもできます。

ほとんどの生徒の目標は正看護婦になることでしたから、准看護婦ではなく、看護婦を目指すという言い方が青美では普通に使われていました。

最終的には、国家試験に合格しなければ免許は取得できません。合格率を上げるためか、青美は生徒の成績に厳しく、赤点が多い者は卒業することができないので、一年生の時から頑張るしかありませんでした。

でも、わたしたちはまだ十八歳で、勉強ばかりでは息が詰まってしまいます。適度に休憩を挟んだ方が能率が上がると勝手な理屈をつけて、夕食後にオレンジルームに集まり、一、二時間お喋りをすることで、ストレスを発散させていたんです。

十八歳の女の子ですから、いろんな話をしました。テレビのドラマやバラエティ番組、好きなアイドル、ファッションやダイエット、もちろん男の子のことも重要な話題のひとつでした。

高校の時から恋人がいて、交際を続けている子もいましたし、もっと……進んだ関係になっている子の経験談を夢中で聞いていたのを思い出します。

ですが、そんな軽い話だけではなく、看護婦の理念とか、病院で働くことの意義を語り合うこともありました。熱い話ができるのは、あの年齢の特権でしょう。

その頃には、気の合う友達とのグループがはっきりできていましたから、グループごとに話すことが多かったのですが、時にはひとつの話題でみんなが話し合うこともありました。期末テスト直前になると、どうしても試験勉強の話になります。その中心にいたのは彼女でした。

成績が良かったので、彼女に勉強を教わっていた子もいたぐらいです。病院での研修でも優秀で、特に実践的な医療行為について詳しく、やっぱりお父さんがお医者さんだと違うね、とみんなで話していたのを覚えています。

七月の中旬だったと思いますが、交際している彼氏と結婚するつもりだと話していた子がいました。それが人生の目標なのと彼女が質問したことで、その場にいた全員が話の流れに乗った記憶があります。少し退屈していたのかもしれません。

「ねえ、みんなは将来のことを考えてる？」

彼女の問いかけに、誰もが首を傾げていました。正直なところ、将来と言われても答えようがなかったんです。

青美を卒業すれば、准看護婦の受験資格を得られますし、試験に合格すれば病院で働くことになります。そこまではイメージできましたが、その先についてはほとんど何も考えていない生徒の方が多かったんです。

わたし自身について言えば、准看護婦の資格を取ったら、なるべく条件のいい病院で働きたいと思っていました。給料がいい病院という意味で、父を亡くしていたわたしには、常に経済的な不安があったんです。

収入や安定だけを考えて、看護婦を目指したつもりはありません。看護婦として患者さんに寄り添い、少しでも病気や怪我で苦しむ人を救いたい……きれいごとかもしれませんが、そういう気持ちがわたしの中にあったのは本当です。

でも、この時わたしは青美に入って三カ月ほど経ったばかりで、看護婦という職業について、イメージこそありましたけど、具体的に何をするのか、それさえわかっていませんでした。それは他の子も同じで、あの時点で将来について真剣に考えていた者は少なかったでしょう。

何人かが将来の希望を話しました。例えば大きな病院に勤務して婦長を目指すとか、そんなことです。

黙って聞いていた彼女が、リカは違うと首を振り、少し早口で話し始めました。

「リカのママは専業主婦で、パパと結婚するまで働いたことがなかった。就職しても、結婚したら会社を辞めるのが常識だってママは言ってた。でも、今は違う。女性も社会に出て働くべきだと思う」

そうだね、と誰もがうなずいていました。当時、女性の社会進出が進んでましたし、短大や大学を卒業したら、就職するのが当たり前になっていたと思います。

わたしたちは看護婦を目指していましたが、一生働くことができる職業ということも大きかったと思います。彼女の話にうなずいたのは、そのためでした。

「だって、何も知らないまま結婚したら、頭が悪いって旦那さんに思われるでしょう？」彼女が左右に目をやってから、話を続けました。「夫婦はお互いに尊敬し合うべきだとリカは思う。尊敬される仕事だから、リカは看護婦になろうと――」

どうなんだろうね、と言ったのは丹波史香さんという生徒でした。普段はあまり目立ちませんが、浮ついたところのない、しっかりした性格の人です。看護婦という仕事について真剣に向き合っているのは、クラス全員が知っていました。

「尊敬されるために看護婦になるっていうのは、ちょっと違うんじゃない？　看護婦は無償の精神で患者に尽くすべきで、それがナイチンゲール精神でしょ？」

史香の言ってることはわかる、と彼女が微笑みました。

「でも、それは考え方の問題で、リカは女の子の幸せってお嫁さんになることだとわかってる。池谷教頭みたいに、一生独身でいるなんてあり得ない。愛する人の奥さんになりたい。リカを愛してくれる人と結婚したいの。もちろん尊敬できるあいてで、こどももほしいふたりがいいなさんにんだとちょっとおおいきがするわからないけどリカわからないけどでもそれがいいんじゃないかなそしてちいさくてもいいからすてきなおうちにすんで――」

その場にいた全員が、ぽかんと口を開けて彼女を見つめていました。興奮で顔を上気させ、抑揚のないまま話し続けていたからです。

一人で盛り上がっちゃった、と彼女が照れ笑いを浮かべました。

「つまりね、リカが言いたいのは、看護婦として何年か働いたら、結婚して家庭に入るのが理想ってこと。素敵な相手と出会ったら、二十八歳の誕生日に結婚する。二十五歳だと若過ぎるし、三十歳の花嫁なんてみっともないでしょう？　ちょうどいいのは二十八歳」

小さな笑いが起きました。彼女の言葉は、それほどおかしな話ではありません。十八歳の女子なら、似たようなことを考える人も少なくないのではないでしょうか。

ただ、十八歳というのは、思い描いた理想がその通りにならない方が多いとわかる年齢でもあります。笑いが起きたのは、ちょっとした冷やかしでした。そうなるといいね、ぐらいの意味です。

彼女も笑っていました。ずっと笑っていたんです。

笑っていなかったのは、わたしだけでした。理由はわかりませんが、どうしても笑えなかったんです。

何か臭わない、と門脇(かどわき)さんという子が突然立ち上がりました。

「変な臭いがする……ゴミ箱見てよ、食べかけのパンとか捨てて、それが腐ってるんじゃない？」

門脇さんのあだ名は〝ケッペキ〟で、いつもそうでしたが、臭いに敏感でした。前にも、嫌な臭いがすると大騒ぎしたことがありましたが、その時は実験室にいたので、薬品の臭いだよと誰かが言うと、それで収まりました。何も臭わない、という人もいたんです。

でも、この時は違いました。わたしを含め、その場にいた全員が鼻を押さえていましたが、強烈な悪臭がオレンジルームに漂っていたんです。

どこから臭ってくるの、と喚いた門脇さんに背を向けた彼女が換気扇を覗き込んで、鼠の死骸があると叫びました。何人かが悲鳴を上げたのを覚えています。

寮監の倉重さんを呼んでくると言ったのは丹波さんで、わたしもみんなの後に続いてオレンジルームを飛び出しました。鼠の死骸に触れることなんてできませんし、倉重さんに片付けてもらうしかないと思ったんです。

最後までオレンジルームに残っていたのは、彼女でした。
（渡会日菜子『祈り』）

平成三年の五月、青美看護学校の講堂で火災が起き、百二十人以上が死亡している。筆者と編集チームが探していたのは、同年三月に卒業した者たちだった。その数は百二十人で、簡単に見つかるとまでは言わないが、それほど時間はかからないだろう、と楽観視しているところがあった。

だが、東京を中心に神奈川、埼玉、千葉の主な病院に電話、ファクス、メール、その他あらゆる手段で問い合わせたにもかかわらず、平成三年三月に卒業した者はおろか、青美出身の看護婦さえ発見できなかった。

彼女たち（注・一部男性もいる）は青美を卒業したことを隠しているのではないか、という意見が出たため、一カ月が経過した時点で、卒業生ではなく、当時の教職員を探す方向に切り替えた。

これが功を奏し、半月後、X県Y市にあるZ大学病院のQさんという看護師から、編集部に連絡があった。匿名という条件なら、当時のことを話せるという（注・アルファベットは特定の県名、市名、病院名、個人を意味しない）。

Qさんは現在五十代、青美看護学校で××を教えていた（注・本人の希望で教科名は伏せる）。Qさんの証言から、後に数人の卒業生と連絡が取れるようになったが、ここではまずQさんの話を要約しておく。

その事件が起きたのは、平成二年七月三十一日のことだった。Qさんが年月日をはっきり記憶していたのは、その日が青美の一学期の終業式だったためで、確認すると、当時の新聞にも事件の記事が載っていた。

東洋新聞の記事を引用すると、事件の概要は以下の通りになる。七月三十一日午後〇時頃、全校の終業式の際、二年生のａさんとｂさん（当時十九歳、共に男性）の間で口論が起きた。一度は教師が制止したが、終業式が行なわれていた講堂を出て校門に向かったａさんをｂさんが追いかけ、持っていたナイフでａさんの腹部を刺した。

ａさんは出血多量で約一時間後に死亡、ｂさんはそのまま逃走を試みたが、学校前の道路に飛び出した際、走行していたトラックに撥ねられ、即死している。

Qさんは自分が口論を止めた教師の一人だったこと、二人が異常な興奮状態にあったこと、互いに口汚く罵り合っていたが、何を言っているのかわからなかったことを筆者に話した。

Qさんは二人の間に割って入ることが怖かったという。それほど激しい口論だったのだろう。

新聞に詳細は載っていなかったが、実際にはQさんがaさんを、男性職員がbさんをなだめたことでその場を収めたが、口論の原因はわからないままだった、とQさんは話している。

また、Qさんと男性職員が説諭したため、二人の男子生徒は冷静さを取り戻したように見えたが、bさんの態度が急変した理由も不明だという。二人を引き離してから、bさんがaさんを襲ったのは約十分後で、その間に何かがあったのではないか、というのがQさんの推測だ。

他の卒業生の証言によれば、二人は親友だった。にもかかわらず、なぜbさんがaさんを突然殺したのか、その謎は今も残ったままだ。

(渡秋吉『本当にあった衝撃の怪奇事件・東日本編』)

一学期の期末テストを終え、終業式を迎えたのは七月三十一日でした。

あの日は朝から強い雨が降っていて、涼しいというより、夏なのに寒いぐらいだったのを覚えています。分厚い雲が空を覆い、終業式が始まった午前十一時になっても、冬の夕暮れのように辺りは真っ暗でした。

一年生、二年生、合わせて二百四十人が講堂に入ったのは、十時五十分ぐらいだったと思います。講堂には長椅子が置かれていましたが、二百四十人が着席できる数はなかったので、事前に長椅子を外に出し、全生徒が立ったまま、終業式に臨んだんです。

池谷教頭の指示で、一年A組の生徒から順番に、まず一年生、そして二年生が講堂に入りました。全員が揃ったところで終業式が始まり、校長の挨拶に続き、夏休みでも気を引き締めて規則正しい生活を送るようにという池谷教頭の訓示があり、その後全員で校歌を斉唱すれば、終業式が終わるはずだったんです。

言い争う声に気づいたのは、校歌の前奏が流れ始めた時でした。ピアノの伴奏に混じって、怒鳴り声が聞こえたんです。

振り向くと、講堂の出入り口の近くで、二人の二年生の男子生徒が口論しているのがわかりましたが、見えたのはそれだけです。

ただ、どちらも怒っている気配は伝わってきました。単なる口喧嘩ではなく、かなり酷い言葉を吐いていたように思います。

一人は野宮さん、もう一人は井筒さんという二年生でした。全校生徒二百四十人のうち、男子は十人だけでしたから、学年が違っても名前は知っていたんです。

一、二年生全員で校歌を歌っていましたが、九割以上が女子です。それもあって、二人の男子生徒が罵り合う声が、はっきりと聞こえました。

　でも、離れていたせいもありますが、二人の怒鳴り声は獰猛な獣のようで、言葉として理解できませんでした。自分が何を叫んでいるのか、二人ともわかっていなかったのかもしれません。

　もう一度おそるおそる振り向くと、周りにいた二年生の女子が後ずさっていました。野宮さんも井筒さんも大柄な方でしたし、喧嘩に巻き込まれたくないと思ったのでしょう。

　ピアノの伴奏が止み、校歌斉唱どころではなくなっていました。それが合図になったように、二人がお互いの胸倉を摑んで、今にも殴り合いが始まりそうでしたが、それを止めたのは綾野先生です。

　わたしたちは優子先生と呼んでいましたが、名前の通り優しい性格で、看護学を教えていた方です。三十代半ばだったと思いますが、見るに見かねたのか、二人の間に割って入り、いいかげんにしなさいと注意したんです。

　顔を歪めたまま、二人ともお互いに手を離しませんでしたが、駆けつけて来た男の先生が井筒さんを羽交い締めにして、落ち着けと叫んでいたのを覚えています。

　そのまま、井筒さんは外に連れ出されました。残った野宮さんを優子先生が叱っていましたが、その間に他の生徒は講堂を出たんです。

その時、わたしは井筒さんが職員室に入っていくのを確かに見ました。野宮さんは講堂に残されていたと思いますが、よくわかりません。

終業式は区切りの儀式です。二人の二年生のせいで、なし崩しに終わってしまったため、誰もが困惑していましたが、今さらどうしようもありません。

わたしたちは寮の自室に戻りました。翌日から夏休みなので、荷物の整理や部屋の掃除をしなければならなかったんです。

講堂から寮へ戻る途中、職員室の前を彼女が歩いていました。終業式で一年生は前列にいたはずなのに、いつの間に先に出たのだろう……そう思った記憶があります。

その後起きたことについては、今でもよくわかっていません。部屋に戻るのと同時に、突然凄まじい悲鳴とクラクションの大きな音が重なって聞こえたんです。

窓を開けて外を見ると、降りしきる雨の中、校門の手前で誰かが倒れていました。三十メートルほど離れていましたが、腹部を押さえて苦しそうにもがいていたんです。

校門の前には二車線の道路があり、何台か車が停まっていました。そして、路肩に二本の腕が転がっていたんです。

腕だけです。マネキンのようでしたが、人間の腕だと遠目でもわかりました。

慌てて部屋を出ると、何人かの女子が廊下を走っていました。その後に続いて寮のエントランスを飛び出すと、四、五人の先生方が救急車を呼べとか、110番通報しろとか、そんなことを大声で叫ぶ声が聞こえました。

　降りしきる雨の中、怖々近づいていくと、倒れていたのは野宮さんでした。白いワイシャツが真っ赤な血で染まり、先生の一人がそこを強く押さえていましたが、その手も血だらけになっていたんです。

　わたしの隣にいたのは、同じA組の栗林美加さんでしたが、道路を指さしたかと思うと、そのまま崩れるように倒れました。気を失っていたんです。

　理由はすぐにわかりました。道路の真ん中で、井筒さんが仰向けになっていたのですが、その体に頭はありませんでした。両腕もです。

　血だらけの頭が数メートル離れたところに落ちていて、大きく見開いた目がわたしたちの方を向いていました。嘔吐しなかったのが、不思議なぐらいです。

　その頃には、五、六十人ほどの女子生徒が外に出ていたと思います。誰もが表情を強ばらせていました。

　泣いたり、叫んだりすることもなく、何が起きたのかわからないまま、呆然とその場に立ち尽くしていたんです。

「戻りなさい！」

駆け寄ってきた池谷教頭が金切り声を上げました。離れなさいと叫んでいた気もします。ひどく取り乱していました。

「部屋に戻って！　早く！」

追い立てられるようにして寮に戻ると、一階のエントランスに立っていた大勢の女子生徒が、泣き叫んでいました。二人の二年生が死んだことにショックを受けたというより、ただ怖かったのでしょう。

後になってわかったのは、講堂で優子先生に叱責された後、東陽町駅近くのアパートに戻るために校門へ向かっていた野宮さんを、井筒さんが私物のナイフで刺し、そのまま道路に飛び出した時、走ってきたトラックに撥ねられて死んだということでした。

終業式の時、二人が言い争っていたのは、多くの生徒、先生方も目撃しています。それを止めたのは優子先生ともう一人の男の先生で、どうして喧嘩になったのか問いただしても、二人は答えなかったそうです。

二人とも同じ二年B組で、お互いを親友と呼び合う間柄だった、と聞きました。親友でも喧嘩をすることはあるかもしれませんが、ナイフで刺すというのは普通ではありません。二人とも我を忘れるほど怒っていたのは確かです。

野宮さんを刺し殺したのは井筒さんですが、逆だったとしてもおかしくありません。どちらにも怒りがあったと思いますが、その理由はわからないままでした。

　自分の部屋に戻り、雨でずぶ濡れになっていた制服を脱ぎ、バスルームに入りました。血まみれになった井筒さんの顔が頭から離れず、体の震えが止まらなかったので、シャワーで体を温めようと思ったんです。

　温水のシャワーを浴び、壁に手をついたまま、忘れようと何度も繰り返しました。わたしには関係ない。何も見ていない。忘れよう。何も見ていない。忘れよう。忘れよう忘れよう忘れよう。

　どれぐらいそうしていたかわかりませんが、シャワーを止めると音楽が聴こえました。〝マヅルカ〟です。隣の部屋で、彼女がレコードをかけていたんです。

　あの時、わたしは気づくべきでした。いえ、気づいていたんです。でも、そんなことあるはずないと心に蓋をして、気づかないふりをしたんです。

　雨の音と〝マヅルカ〟が重なり、そして〝マヅルカ〟は何度も何度も繰り返されていました。今もあの曲がわたしには聴こえています。

（渡会日菜子『祈り』）

nurse 3
ゴメンね

終業式が終われば、そのまま解散するはずでした。寮の共有スペースや部屋の掃除など、やらなければならないこともありましたが、時間はかかりません。青美に入校して初めての長期休暇でしたから、誰もが実家へ帰る予定を立てていました。

でも、野宮さんと井筒さんの事件が起きたため、自室での待機を命じられ、一時間ほど経った頃、それぞれの教室に入るように、と学校側から指示されました。二人の二年生が異常な状況で死んだことは誰もがわかっていたので、それほど混乱はなかったと思います。

わたしも一年A組の教室に入り、自分の席に着くと、担任の秋山先生、そして少しくたびれた背広を着た中年の男の人が教壇に立っていました。

「中央東陽署の西脇といいます」

男の人が名前を言いました。顎が角張っていて、蟹のように横幅の広い体つきでしたが、見かけと違って優しい声でした。

説明するまでもないと思いますが、と西脇刑事が話を始めました。

「二年生の男子生徒が刺殺され、刺した生徒は逃亡を試みましたが、トラックに撥ねられて死亡しています。終業式の最中に二人が口論を始めたのは、複数の証言もありますし、目撃していた生徒さんも少なくありません。ですが、先生方が二人の間に入ったことで、それ以上の騒ぎにはならなかったと聞いています」

誰もが曖昧にうなずいていました。わたしたち一年生は講堂の前方の列に並んでいたので、野宮さんと井筒さんの口論に気づいたのは、二人の言い争う声が大きくなってからです。それまでは何もわかっていませんでした。

「警察が確認したいのは、その後に何があったかです」

西脇刑事が左右に目をやりました。声音とは違い、厳しい目付きでした。

「二人を引き離した後、講堂に残した野宮くんを綾野先生が説諭し、中平先生が井筒くんを職員室に呼び、冷静になれと言い聞かせたそうです。しばらく話すと、野宮くんが落ち着きを取り戻したので、東陽町のアパートに戻るように指示した、と綾野先生は話しています。講堂を出た野宮くんが校門へ向かって歩いていたのは、他の教職員も見ています」

うなずいた秋山先生に目を向けた西脇刑事が、ですが、と角張った顎を撫でるようにしました。

「問題は井筒くんで、職員室を出た後、彼の行動に不明な点があります。数分……長くても五分ほどですが、どこにいたのかわかっていません。井筒くんを見た生徒さんはいますか？」

誰もが顔を見合わせ、首を傾げていました。わたし以外にも中平先生と井筒さんが職員室へ入っていくところを見た者はいましたが、すぐ寮に戻っていたので、その後のことはわからなかったんです。

井筒さんは先生に叱られているんだろう、ぐらいにしか考えてませんでした。正直に言うと、わたしたちにとってはどうでもいいことだったんです。

二人のことをよく知っているわけでもありません。親友だったというのも、後になって聞いた話で、どうしてあんな激しい口論がいきなり始まったのか、心当たりはありませんでした。

青美の生徒は八割……九割ほどかもしれませんが、東京とその近県出身です。慣れない寮生活が四カ月ほど続いていたので、早く帰りたいと誰もが思っていました。

ですから、終業式の時に二年生のことを見ている一年生なんて、いるはずもないんです。それがわかったのか、西脇刑事が困ったように太い指で頭をがりがりと掻きました。

もう一度確認する、と教卓の横に立っていた秋山先生が口を開きました。

「言いたいことはわかってる。二年の男子が喧嘩しても、自分たちには関係ない。そうだな？　先生だって、そう思ったかもしれない」

しかめ面のまま、念のために聞く、と秋山先生がわたしたちの顔を順に見つめました。

「職員室を出てから、井筒を見た者はいないか？　話した者は？　生徒同士が揉めることはある。男子に限らず、女子だってそうだろう。だが、今回の件は……事情がわからなければ、学校、警察、共に対処できない。井筒がなぜ野宮を刺したのか、知ってることがあれば、何でもいいから話してほしい」

誰もが首を振るだけでした。野宮さん、井筒さん、どちらとも何度か話したことはありましたけど、それだけです。

一年生に聞いても意味なんてない、とわたしは思っていました。ただ、念のためと秋山先生が言っていたように、警察、そして学校側が全生徒に事情を確認しなければならないのはわかっていたつもりです。

かすかな舌打ちの音に振り向くと、斜め後ろの席に座っていた彼女と一瞬目が合い、わたしは慌てて視線を逸らしました。何か知っている、とわかったからです。

野宮さんが彼女のことを、オレの女、と同じクラスの友達に話しているのは、聞いたことがありました。A組の教室へ来たり、彼女に手紙を渡したり、何度か二人だけで会っていたことは本人も話しています。

自分にとっては単に先輩の一人で、一方的に好きになったと言われても困る、迷惑だと彼女は言っていましたし、そうなのかもしれませんが、野宮さんのことを何も知らないはずがないんです。

もうひとつ……わたしは彼女が職員室の前を歩いていたのを見ていました。どうして、と思ったのもはっきりと覚えています。

終業式で一年生は前方の列にいましたから、講堂を出るのは最後になります。二年生たちに交じって先に出たとしか考えられませんが、なぜそんなことをしたのかがわかりません。でも、彼女の表情を見た瞬間、井筒さんと話すためだと直感したんです。

でも、それを言うことはできませんでした。想像と言われたらそれまでですし、井筒さんと話していたとしても、その後に起きた事件と関係があったのか、それはわかりません。ただ挨拶をしただけかもしれないんです。

言えなかった理由はもうひとつあります。余計なことを言えば、嫌なことが起きるとわかっていたんです。最悪で禍々しい何かが起きると。

難しいですかね、と諦めたように言った西脇刑事に、先ほども言いましたが、と秋山先生が額の汗をハンカチで押さえました。

「一年生に事情を聞いても、何もわからないでしょう。本校では一年生と二年生の間に、ほとんど交流がないんです。生徒たちは何も知らないと思いますが」

うなずいた西脇刑事が一歩下がると、全員寮に戻れ、と秋山先生が大声で言いました。

「明日から夏休みだが、何か思い出した者は先生に連絡すること。それと、個別に事情を聞くことになるかもしれない。その時は緊急連絡網を使うから、そのつもりでいてくれ。まあ、何もないとは思うが……では、解散」

教室を出て行く生徒たちの口からいくつかのため息が聞こえ、わたしは逃げるように教室を飛び出し、速足で廊下を進みました。誰とも話したくなかったんです。

（渡会日菜子『祈り』）

青美看護専門学校で起きた刺殺事件についてQさんに質問を続けたが、詳しいことはわからないんです、という答えが返ってくるだけだった。

被害者と加害者がどちらも二年生の生徒で、親しかったことは同級生等による複数の証言がある。Qさんもそれは知っていた。青美では一学年百二十人の生徒のうち、男子生徒は五人前後だったため、親しくなるのは当然だろう。

筆者が気になったのは、加害者が使用した凶器だ。新聞記事には単にナイフと表記されていたが、バタフライナイフと呼ばれるタイプの折り畳み式ナイフだった、とQさんは話している。

九〇年代後半、人気ドラマで主人公が使用し、ファッション性が高かったため、真似する者が続出したのは筆者も覚えていた。調べてみると、事件当時は有害玩具に指定されていたが、販売は許可されており、入手も容易だった。

八〇年代半ばから九〇年代にかけて、バタフライナイフはいわゆる不良少年の間で流行していた。有名なマイケル・ジャクソンのプロモーションビデオ〝Beat It〟でも小道具として使われているが、その影響もあったかもしれない。

加害者（bさん）がこのバタフライナイフを所持していたのは、数人の生徒が目撃していた。片手で操作、開閉できる構造のため、慣れた者なら瞬時にナイフの刃先を出し入れすることができる。bさんが特技として友人たちに披露していたのも、取材の過程でわかっている。

ただし、bさんはいわゆる不良ではなかったし、性格的にも優しい少年だった。あくまでもファッションアイテムとして購入し、持ち歩いていたと考えていい。

本件は加害者、被害者が共に死亡しているため、刑事裁判になっていないが、後に被害者（aさん）の家族が民事訴訟を起こしている。bさんの両親、弟の証言によれば、小学生の時から高校まで、bさんは一度も喧嘩をしたことがなかったという。

中学、高校の友人たちも同じで、バタフライナイフはあくまでもファッションの一部に過ぎず、護身用ですらなかったはずだ、と口を揃えて証言している。

aさんとbさんが激しく言い争っていたのは事実だし、いわゆる〝キレた〟状態だったのも確かだが、引き離した時点で、二人とも興奮は収まっていたとQさんは話している。更に言えば、二人とも〝キレやすい〟性格ではなかった。

だが、bさんは校門へ向かうaさんを追いかけ、いきなりバタフライナイフで腹部を刺している。当時、通報を受けて青美に急行した救急隊員によると、傷の深さは約五センチ、その後bさんはナイフで腹部を大きく横に切り裂き、救急隊員が現場に到着した時、大腸の大部分が体外にはみ出ていた。

腹が立って刺した、というレベルではない。bさんには明確な殺意があったことになる。そうでなければ、ここまで酷いダメージを与えることなど考えられない。

だが、bさんを知る誰もが、キレる、逆上するような性格ではなかったと話している。過去に喧嘩をしたことがなかったのは、前述した両親や弟、友人の証言からもわかるが、傷の深さ、状態等を考え合わせると、彼の中に異常な殺意があったと断定してもおかしくないだろう。

繰り返しになるが、二人はお互いを親友と認め合うほど親しい関係にあった。終業式の朝、教室に集まった時、二人が笑いながら話しているのを同じクラスの生徒たちが見ている。口論、喧嘩に至る理由はなかったのだ。

終業式の際、二人は一緒に講堂に入っていったが、その時も争う気配すらなかったという。にもかかわらず、bさんはaさんを刺殺した。

式が終わる直前、二人の間で何かがあった。言葉の行き違い、感情のもつれ、さまざまな理由が考えられるが、いずれも憶測の域を出ない。

ただ、取材の過程で、ある証言を得ることができた。同じ二年B組の生徒gさん(仮名・

gさんは女性。イニシャルは本名と無関係）は、二人のすぐ後ろに立っていたが、aさんがbさんの耳元で何か囁いた次の瞬間、bさんが激昂し、大声を上げたと話している。aさんも怒鳴り返し、その後お互いを激しく罵り、見ていて怖くなるほどだったという。

aさんの囁きが、一瞬でbさんの心を壊した。そして互いの怒りが相乗効果的に膨らんでいった……そう考えないと、説明がつかない。

問題はaさんがbさんに何を言ったのかだが、それはわからないとgさんは首を振るだけだった。

（渡秋吉『本当にあった衝撃の怪奇事件・東日本編』）

「看護専門学校で生徒が同級生を刺殺

7月31日午後0時頃、生徒が同級生を刺した、と江東区の青美看護専門学校から110番通報があった。中央東陽署の捜査員、同時に通報を受けた救急隊が現場に急行したが、腹部をナイフで刺された同校生徒Aさん（19）は病院に搬送され、約一時間後に出血多量で死亡が確認された。刺したのは同級生のBさん（19）で、犯行後逃げようとしたところを、走行中のトラックに撥ねられ即死している。この日は同校の終業式で、その際AさんとBさんが口論していたと同校生徒が話している。中央東陽署は二人の間にいさかいがあり、Bさんが衝動的にAさんを刺したとして、捜査を進めている」
（一九九〇年八月一日付　東洋新聞朝刊）

わたしの実家は江戸川区岬町の都営団地で、帰宅したのは七月三十一日の夕方五時過ぎでした。母と妹が出迎えてくれましたが、驚いたようにわたしの顔を見つめていたのを覚えています。

何があったのと母が尋ねましたが、その時は答えられませんでした。説明する心の余裕がなかったんです。

夕食も取らず、そのまま自分の部屋に入り、ベッドで横になりましたが、朝方まで眠れませんでした。野宮さんと井筒さんのことで、混乱していたんです。

妹の江美子は高校一年生で、もう夏休みに入っていました。次の日、勤めていた保険会社の公休日だったので、母は朝食の準備をしていましたが、わたしがリビングに入っていくと、大変だったわねと朝刊を差し出しました。そこには青美看護学校で生徒同士による殺人が起きた、という記事が載っていました。

母と妹に詳しい事情を話したのは、朝食の後です。その間、体の震えが止まりませんでした。どうしようもないほど怖かったんです。

日菜に何もなくてよかった、と母がわたしの手を握りました。

「何か嫌なことがあったのは、顔を見てわかったけど、まさかこんな……でも、日菜には関係ないんだし、全部忘れた方がいい。夏休みなんだから、ゆっくり過ごしなさい」

江美子もうなずいていました。母の言う通りだ、とわたしも思いました。

こんな言い方をしてはいけないとわかっていますが、毎日のように日本のどこかで殺人が起きています。よほど大きな事件でもなければ、記憶に残ることもありません。

野宮さんと井筒さんのことも、それと同じだと考えるようにしました。学校内で起きた事件ですから、そんなことができるはずもないのですが、忘れるべきだと思ったんです。

母も妹も、わたしの気持ちをわかってくれました。二人がいなかったら、あの夏、わたしは塞ぎ込んで家に閉じこもっていたかもしれません。

もうひとつ、救いだったのは地元の友人たちです。彼女たちも青美で起きた事件を知っていましたが、根掘り葉掘り、あれこれ聞いてくるようなことはありませんでした。

夏休みといっても、課題があったので、勉強もしなければなりませんでしたが、一カ月という時間をそれだけのために使う生徒がいるはずもありません。

わたしも友人と連絡を取り合い、日々の予定を立てていました。高校の同級生は短大か大学に通っている人がほとんどでしたから、遊ぶ時間はあったんです。

彼女から電話がかかってきたのは、八月二日の朝十時頃でした。電話に出たのは江美子で、お姉ちゃん、と受話器を向けました。

「青美の雨宮さん。同じクラスの人だって」

他の専門学校のことはわかりませんが、青美には緊急連絡網がありました。地震などが起きた時のために、連絡先として実家の住所や電話番号を記入した用紙を全員が持っていたんです。

ほとんどの生徒が実家を緊急連絡先にしていましたが、クラスに一人くらいはショルダーホンと呼ばれる携帯電話を持っていたので、その番号を書いていた生徒もいたかもしれません。彼女がわたしの実家の電話番号を知っていたのは、緊急連絡網があったためです。

何があったのだろうと受話器を耳に当てると、リカだよ、と明るい声がしました。

「特に用事はないんだけど、どうしてるかなって思って。日菜子は元気にしてた？」

一昨日の終業式まで一緒にいたわけですから、元気も何もありませんが、その時は彼女も暇なんだろうと思っただけです。適当に話して、それで終わりでした。

その日、わたしは昼から高校の友人と会う約束をしていたので、電話を切った後、すぐ家を出ました。財前さんという友人が高校卒業後すぐに運転免許を取ったので、上野に新しくできたケーキ専門店にドライブがてら友人四人で行くことになっていたんです。

十一時半に船堀駅で待ち合わせをしていたので、家を出たのは十一時ぐらいだったと思います。先に来ていた二人と待っていると、十分ほど遅れてのろのろとセダンが近づいてきました。

運転席の財前さんが、パパの車を借りてきたと言いました。免許を取ってから初めて外を走るということで、鹿野さん、小倉さんという二人の友人と半笑いで車に乗り込んだのを覚えています。

上野まで、普通なら三、四十分で着くと思いますが、一時間以上かかったのは道に迷ったからです。目指していたケーキ専門店に着いたのは一時前で、四人とも汗を搔くほど疲れていました。

ケーキを食べながら、何時間も話しました。鹿野さんに彼氏ができたとか、小倉さんが大学のサークルの先輩を紹介するとか、そんな話で盛り上がっていたんです。

四時間ほどその店にいましたが、話題が尽きることはありませんでした。最初は夜ご飯までに家に帰ることになっていたのですが、別の店に行こうと言ったのは鹿野さんだったと思います。久しぶりだからもっと話そうとか、そんな感じです。

もちろん、全員が賛成しました。十八歳の女子ですから、話し足りなかったんです。

六時頃に帰ると母に言っていたので、ケーキ専門店を出る時、家に電話を入れました。出たのは江美子で、遅くなるからご飯はいらないと伝えておいてと言うと、はいはいと返事がありましたが、さっきの雨宮さんって人からまた電話があったよ、と言ったんです。

「雨宮さん？　いつ？」

三十分ぐらい前かな、と江美子が言いました。その時の気持ちは……うまく説明できません。

驚いたというと、ちょっと違います。変だなというより、もっと強く、何かおかしいと思ったんです。

彼女とは部屋が隣でしたから、他のクラスメイトより顔を合わせる機会が多かったのは確かです。例えば朝食や夕食の時、七階の学食に行くタイミングが同じになるので、一緒になることも珍しくありませんでした。

そういう時は隣に座って食事をしましたし、普通に会話していました。他愛もない世間話で、笑い合うこともあったんです。

でも、本当のことを言えば、わたしは彼女と距離を置くようにしていました。必要以上に近づいてはならない、とわかっていたんです。

彼女がそれに気づかなかったはずはありません。同じ専門学校、同じクラス、友達だけれど、それ以上は踏み込まないと考えていたわたしに、彼女の方から近づいてくることはなかったんです。

それなのに一日二回も電話をかけてくるというのは、何かがおかしいと思いましたが、江美子に言っても始まらないので、夕食はいらないとだけ伝えて、電話を切りました。財前さんたちとお喋りしているうちに、彼女のことは忘れていました。

家に帰ったのは、九時ちょっと前でした。部屋着で出迎えた母が、ちょうどよかったと言いました。

「今からお風呂に入るところだったの。ご飯は食べてきたんでしょ？　お茶でも飲む？」

「江美子は？」

夜ご飯食べたら、眠い眠いって一時間ぐらい前に寝ちゃったわよ、と苦笑した母が浴室に入っていきました。

着替えようと思ったのですが、母が風呂から出たらわたしも入ろうと思い、そのままテレビをつけました。アイドルが出演する歌番組を見ながら、冷蔵庫の麦茶を取り出してグラスに注ごうとした時、電話が鳴りだしたんです。

でも、わたしは出ませんでした。彼女だとわかったんです。だから、出なかったんです。

リビングで立ったまま、電話機を見つめていると、十回ほどコールが続き、留守番電話に繋がった時、電話が切れました。

気づくと……グラスから溢れた麦茶がテーブル一面に広がっていたんです。

（渡会日菜子『祈り』）

〈青美看護専門学校刺殺事件、初動捜査報告書〉

経緯／１９９０年7月31日午後0時7分、江東区の青美看護専門学校池谷伸江（のぶえ）教頭より、同校の男子生徒が同級生を刺し、腹部の出血が酷く、救急車要請の後、１１０番通報があったと警視庁通信指令センターより連絡あり。中央東陽署刑事係から4名の捜査員が出動、0時14分、現着。

同校は看護婦（士）養成学校であるため、教職員に医師免許、看護婦免許を持つ者がいた。彼らが現場で応急措置をしていたが、現着した救急隊員がそれに加わった。

その後、被害者野宮幹雄（みきお）（19）は江東病院に救急搬送されたが、0時50分、同病院塩原医師が死亡を確認。死因は大量出血による失血死。

被害者を刺したのは同校2年、井筒豊（ゆたか）（19）。目撃者の証言などから、学校を出ようとした被害者を加害者が追い、校門前で腹部を刺したことが確認されている。凶器は加害者の私物ナイフ（バタフライナイフ）。

　加害者は逃走を試みたが、同校前の通称役須（やくす）通りを渡ろうとした際、走行中のトラックに撥ねられ、両腕、頭部切断により即死。死亡時刻、午後0時10分。

犯行時の状況／同日、同校では終業式が行なわれており、その際加害者と被害者が言い争っているのを複数の生徒が目撃している。口論の理由は不明だが、突然始まったとの証言がある。同校教諭2名が加害者と被害者を説諭、一度は冷静になったが、加害者の態度が急変し、被害者を刺殺した。

犯行動機／口論による衝動的な殺人。

捜査状況／加害者が被害者に馬乗りになり、腹部を刺していたと複数の証言あり。ただし、加害者が死亡しているため、詳細は不明。未成年のため、今後の捜査は慎重に行なう必要あり。

特記事項／現段階で加害者が所持していたバタフライナイフの入手経路が不明。江東区内のホームセンター等で購入か？

90／8／2　中央東陽署刑事係2係長、前原則秋（まえはらのりあき）

（中央東陽署・青美看護専門学校刺殺事件・初動捜査報告書控え）

その後も毎日のように彼女から電話がかかってきました。ほとんどは夕方以降でしたが、午前中の時も何回かあったと思います。

電話ですから、誰がかけてくるかはわかりません。親子三人暮らしなので、母や妹に電話があることも多く、出ないわけにはいきません。

母は保険のセールスをしていたので、相談の電話などもあります。妹は高一ですから、毎晩電話をかけたり、かかってきたり……それはわたしも似たようなものでした。

本当は出たくなかったんです。青美のクラスメイトたちとは、寮で一緒に暮らしていたので、普通の学生同士より濃い関係性があったのは本当ですけど、気安く電話をかけ合うような仲ではなかったんです。

あの夏、青美の生徒で電話をかけてきたのは彼女だけでした。仲がいい、悪いということではなく、青美より中学や高校の友人の方が親しかったからで、わたしも青美の同じクラスの生徒に電話をかけたことはありません。

「特に用事はないの」真っ先に彼女が言うのは、その言葉でした。「どうしてるかなって思って。どんな感じ？」

　まあまあかな、とわたしは答えるようにしていました。平凡な十八歳の専門学校生ですから、毎日何かがあるわけではありません。

　彼女は一日最低でも一回、多い時は四、五回電話をかけてきましたから、そう答えるしかなかったんです。

　いえ……本当は違います。長く話していたくなかったんです。あの時、わたしにははっきりと嫌な予感がありました。

　でも、しつこいんじゃないとか、そんなことを言ってはならないとわかっていました。下手に藪をつつけば、蛇に咬まれます。

　コミュニケーションを拒否すれば、何をするかわからない……そういう得体の知れないところが、彼女にはあったんです。

　だから、当たり障りのない返事をするようにしていました。適度な距離を保ち、つかず離れず、少しだけ話し相手になり、それで終わらせる。対処法はそれしかなかったんです。

　居留守を使ったことですか？　最初だけです。その後はありません。そんなことをしたら、彼女はすぐ察したでしょう。

　だから、かかってくる電話には出ていました。わたしがいない時には、リカの方からまた電話しますと母か妹に伝えて、それだけです。

礼儀正しくていい子ね、と母が言っていましたが、普通だよと答えるだけで、他には何も話しませんでした。彼女は何かがおかしい、そんなことを言っても、信じてくれないとわかっていたからです。

八月十四日の朝から、二泊三日で母と妹と一緒に父の実家がある栃木県の宇都宮市へ行きました。そこで過ごすのが毎年の習慣だったんです。

父が生きていた頃もですが、亡くなってからも、孫の顔が見たいという祖父母に会うため、墓参りを兼ねて、お正月とお盆には宇都宮へ行くことにしていました。

帰宅したのは、十六日の夜十時過ぎだったと思います。祖父母の家から江戸川区の実家まででは、乗り換えも含めて三時間ほどで、少し早めに夕食を取ったのですが、それでも十時に帰るのがやっとでした。

当たり前ですが、家を出る時に電気を消していたので、玄関のドアを開けても真っ暗でした。リビングの電話機についている赤いボタンがつきっ放しになっているのに気づいたのは、部屋が暗かったからです。

家で使っていた電話機はプッシュホン型で、留守番電話機能が付いていました。メッセージがひとつ残っている時は、五秒に一度赤いボタンが点滅し、二件だと二回光ります。メッセージの数が多くなると、五秒の間にその数の分だけ点滅が増える仕組みでした。

でも、あの時は赤いボタンがついたままになっていました。三十件までしか、メッセージは残せません。ボタンがつきっ放しになっているのは、それを知らせてくれるサインでもあったんです。

わたしたちは十四日の早朝から家を出ていたので、二日半ほど留守にしていたことになります。そんな時もあるだろう、ぐらいにしか思いませんでした。

家にいれば、その日のうちに留守電を聞いて、メッセージを消去します。一日五、六件の伝言が残っていることも普通でしたから、特に気にならなかったんです。

リビングの明かりをつけ、母がいれたお茶を飲みながら、祖父母にもらったおみやげの豆菓子を食べていると、留守電チェック、と江美子が再生ボタンを押しました。三十件の伝言がありますと合成音が流れ、すぐに彼女の声が聞こえてきたんです。

「こんにちは、リカです。また電話しますね」

二件目のメッセージも彼女でした。三件目、四件目、五件目……彼女の声だけが続いていました。

「もしもーし、リカだよ。日菜子、どうしてる？」

「あれ、留守かな？　まあいっか、またね」

「出てよお、寂しいよお」

「ねえ、リカだってば。どうして出ないの？」

何なの、と江美子が怯えたように言いましたが、その間も彼女の声が際限なく流れています。

「日菜子、どこにいるの？」

「何してんの？　リカだよ？」

「冗談になってないよ」

「どうなってるのリカばんごうまちがってるのかなそんなはずないよねわたらいひなこのばんごうですよね」

「バカ」

「……もしもし？」

「じゃあいい、家へ行く」

「リカすごくイライラするリカいやだこんなのリカじゃないリカはリカはいまリカは」

「日菜子、もういい。バイバイ」

止めて、と母が叫びました。顔を歪ませた江美子が停止ボタンを押すと、声が聞こえなくなりました。

「リカって、あの子よね？　雨宮さん？　よく電話かけてきてたけど……」

八月十六日ですから、真夏です。夜十一時を回っていましたが、気温は三十度近かったでしょう。

　でも、リビングは震えがくるほど寒くなっていました。つけたばかりのエアコンを切ったのは母です。

　ちょっと変わってるの、とわたしは電話機に目を向けました。

「同じクラスで、寮でも部屋が隣だから……特に仲がいいわけじゃないけど、一緒にいることも多いし――」

　思い出した、と母がうなずきました。

「寮に荷物を持っていった時、隣の部屋に名札が貼ってあった。雨宮リカって、外国の人かしらって聞いたけど、あの子ね？　〝マヅルカ〟をかけていたのも覚えてる。留守電を残すのはいいけど、ちょっと……」

　その時、また電話が鳴り始めました。きっとあの子よと母がため息をついて、出なくていいと言ったんです。

（渡会日菜子『祈り』）


――――――――

「本連載は不定期に掲載されているが、いわゆる『中原裁判』の詳細については新聞、テレビ等々で裁判自体の経過を報道しているため、ここでは扱わない。特集班が注目したのは、被告である中原俊二医師の様子だった。

中原氏は裁判冒頭で自らの罪を認めている。初公判から約八カ月経った今も、その姿勢に変わりはない。そのため、自ずと焦点は刑罰に絞られていった。

八月の終わりに、中原氏は弁護団の解任を要求したが、すぐにこれを撤回している。中原氏と弁護団の間で方針が一致しないことがその理由だったが、元の鞘に収まった形だ。代表を務める新名弁護士によれば、当初中原氏はかなり強い言い方で弁護団を非難したという。自分は罪を認めているのだから、弁護の必要さえないというのがその言い分だった。

だが、弁護団の解任が裁判そのものを遅延するための法廷戦術だと批判されたため、一転して要求を引っ込め、その後はすべて新名弁護士をはじめ、弁護団に任せることにしたという。

中原氏が犯した罪は重い。しかし、状況を考えればやむを得なかったと言えるのではないか。

少なくとも情状酌量の余地はあるはずで、法曹界の人間なら誰でも同じ見解を示しただろう。

なぜ中原氏は自らの正義を主張しないのか。本誌特集班にとって、それが最大の謎だった。

（週刊ＰＡＳＳ『連載・医師中原俊二医療裁判・正義の行方』二〇〇八年九月二十六日号）

彼女から電話があったのは、翌日、十七日の午前中でした。ひと晩経って、わたしも少し落ち着いてましたから、電話に出ることにしたんです。

「ああ、よかった」

そう彼女が言ったのを、はっきりと覚えています。日菜が死んだんじゃないかって、すごく心配したんだよ、とも言ってました。

祖父母の家へ泊まりに行ってた、とわたしは事情を説明しました。彼女はとても上機嫌で、そうなんだ、何度も電話してゴメンね、と謝ったんです。

その時は、いつもより長く話しました。とにかく彼女の話を聞かなければならないとわかっていたので、彼女が何を言っても、そうだね、そうそう、と相槌を打つと決めていたんです。

あの後、残っていた留守電のメッセージをすべて聞きましたが、最後の数件はただ大声で喚いているだけで、何を言ってるのか、それすらわかりませんでした。彼女の中で何かが壊れたのだと思いましたし、実際そうだったのでしょう。

全部聞き終えてから、メッセージはすぐに消去しました。聞くに堪えないような声だったからです。

青美での授業、実習、オレンジルームでの集い……どんな時でも、彼女は自分の意に沿わないことがあると、不快そうな表情を浮かべることを、わたしは知っていました。露骨に態度に出すわけではないのですが、まばたきが多くなったり、頬の辺りがかすかに痙攣したり……。

他の生徒からそういう話を聞いたことはないので、誰も気づいていなかったのかもしれません。でも、わたしにはわかったんです。

電話しても、留守電に繋がるだけだったのが気に入らなかったのでしょう。日菜と話したかっただけなのと言ってましたが、それは本心だったと思います。

一時間ほど話すと、気が済んだのか、彼女の方から電話を切りました。受話器を置いた時、緊張が解けて全身から力が抜けていったのを覚えています。ただ、あれで良かったのか……今もわかりません。

その日の夜、また電話があって、千尋と何かあったのと聞かれました。何のこと、と聞き返すと、しばらく彼女は黙っていました。思わせ振りな感じで、少し不安になった記憶があります。

石山千尋さんはA組で親しくしていた生徒の一人です。地味ですが、バランスの取れた性格で、五月の終わり頃からよく話すようになっていました。

大雑把な言い方になりますが、A組全体のリーダーは彼女でした。取り巻きと呼んでもいいような子も七、八人いて、その子たちは何でも言われた通りにしていましたし、A組のほとんどの生徒が彼女と一緒にいることを望んでいたのは本当です。

ただ、A組は三十九人中三十八人が女子生徒で、前にも話しましたが、一学期の終わり頃には小さなグループがいくつかできていました。女子の場合、気の合う子同士で話す方が多くなるのが普通でしょう。

彼女と反りが合わないとか、嫌いとか、そういうことではありません。熱烈に彼女を崇拝している女子もいましたし、ファッションやヘアスタイルまで真似ていた子もいたぐらいです。

ただ、他の女子生徒はそこまでしていませんでした。クラスがいくつかのグループに分かれるのは、高校、専門学校、大学、どこでも同じではないでしょうか。

わたしと千尋、他の二人はその小さなグループのひとつで、単純に気が合う子が集まっていただけです。グループという意識もありませんでした。

授業の合間の休み時間に話したり、ランチを一緒に食べたり……わたしたちの共通の話題は音楽で、そんな話ばかりしていました。千尋とは特に仲が良かったつもりです。だから、何かあったのという彼女の言葉の意味が、すぐにはわかりませんでした。

「四、五日前、渋谷で偶然千尋と会ったの」声を潜めて、彼女が話しだしました。「会ったっていうか、すれ違ったみたいな……その場で二、三分話したんだけど、あの子が日菜のこと……気を悪くしないでね。そんなに好きじゃないって言ってたの」

「好きじゃない？」

嫌いってわけじゃないって言い訳してた、と彼女が言いました。

「それは本当だと思う。日菜と千尋が仲がいいのは、リカも知ってる。ただ、いつも一緒にいたいわけじゃないって言いたかったんだろうなって」

どうしても一人の時間が必要な人はいます。わたしもそうですし、千尋も他の二人も同じでした。

その意味で、わたしたちは似た者同士だったのでしょう。親しくしていましたが、夏休みに入ってからは、連絡を取り合うこともありませんでした。

それでいいと思ってましたし、女子によくあるべたべたした仲良しグループではなかったんです。四人とも、そういう付き合い方が苦手だったのは間違いありません。

気をつけた方がいいよ、と彼女が心配そうに言いました。

「千尋が悪い子じゃないのは、リカもよく知ってる。真面目だし、優しいし、いい子だと思うけど、何を考えてるかわからないところがある。日菜はそう思わない？」

感情を表に出さないところが千尋にはあり、他の女子たちから冷たい感じがすると言われていたのは知ってました。感情表現が下手ということかもしれませんが、それはわたしも同じで、だから気が合ったのでしょう。

「これは日菜のことを思って言うんだけど」嫌な気持ちにさせたらゴメンね、と彼女が軽く舌打ちしました。「六月の終わり頃、千尋に相談された。日菜たちと一緒にいたくないんだけど、あの子たちがしつこくてそうもいかないって……それは違うんじゃないって、リカは言ったの。日菜たちは千尋のことが好きなんだよって。好きな人と一緒にいたいって思うのは、当たり前でしょう？　千尋もうなずいてた。頭が悪い子じゃないから、リカが言ったこと、わかってくれたと思う」

彼女が嘘をついているのは、すぐわかりました。理由ですか？　説明できません。

でも、すべてが嘘だとわかったんです。感じた、ということでしょうか。

千尋を信じていたから……そうではありません。わたしのことを友達と思っていたのか、そうではなかったのか、今となっては確かめることもできません。

でも、千尋は他人の悪口を言わない子でした。嫌いな人であってもです。

それを知っていたので、彼女の嘘を見抜くことができた……言葉で説明すればそうなりますが、正確には直感的にそう思っただけです。同時に、彼女の嘘を暴くことができないのもわかりました。

千尋に連絡して、何かあったのと聞けば、彼女の吐いた言葉がすべて嘘だとすぐにわかるはずです。でも、リカの勘違いだった、で済まされてしまうでしょう。あるいは、千尋の方が嘘をついている、と言われるかもしれません。

二人だけの会話ですから、どちらの言葉が嘘なのかは、他の誰にもわかりません。証明はできないんです。

渋谷で偶然会った、という話も嘘だったのでしょう。ですが、千尋と話しても水掛け論になるだけです。

千尋と会ったと彼女が言い張るのはわかってましたから、そうなんだ、とうなずくしかありませんでした。

「ちょっとした冗談だと思う」慰めるように彼女が言いました。「気にしないで。リカはいつだって日菜の味方だから。リカと日菜は、似てるんだよ」

ありがとうと返事をすると、またね、と彼女が電話を切りました。

その時……そんなことがあるはずもないのですが、はっきりと不快な臭いを嗅いでいました。酢を煮詰めて、腐った卵と混ぜ合わせたような、そんな臭いがしたんです。

わかっています。錯覚です。でも……本当に臭ったんです。

（渡会日菜子『祈り』）


青美看護専門学校で起きた火災により、百二十余名の生徒、教職員が亡くなった。痛ましい事件であり、約一年後、同校が閉鎖されたのはよく知られている。

警察、消防は生徒が持っていたロウソクの火がカーテンに燃え移り、それが火災の原因になったとしているが、火災発生直後から、二年生の女子生徒、Rの名前が学校周辺で囁かれるようになっていた。

端的に言えば、Rが講堂に放火したということだが、ここで事実の検証は行なわない。というより、できないと言うべきだろう。

Rが火をつけたというのは、単なる噂に過ぎず、根拠はない。目撃者もいない。更に重要なのは、R自身が火災により焼死していることだ。

警察の発表によれば、火災が起きた講堂には百二十人の二年生生徒、五人の教職員がいた。

当時、青美の一、二年生各クラスの教室にはエアコンが設置されていたが、実習室、講堂にその設備はなかった。

そのため、冬季（五十嵐注・十一月から三月）には、必要に応じて石油ストーブが置かれることになっていた。燃料の灯油は業者が専用の缶に入れて納入し、保管場所として講堂の奥にあった教職員控室が充てられた。

後に遺族会が青美看護学校と経営母体の永友薬品を相手に訴訟を起こしている。裁判では、灯油の管理に不備があったため、被害が大きくなったことが認められた。

周辺住人、消防士の証言によれば、爆発炎上に近い火災だったという。講堂が全焼するまで、十分もかからないほどの勢いで炎が広がったことも判明しているが、講堂の大きさ、建材等を考え合わせると、十分というのは異常に速いという指摘があったことも付け加えておかなければならない。

約一キロ離れた東陽町駅のホームからも炎が見えたというから、どれほど凄まじい火災だったかがわかる。江東区内の三つの消防署が消火にあたったが、鎮火したのは約七時間後で、当時の新聞にも「爆撃にあったような惨状だった」と記事が載っている。

奇跡的に一名の女子生徒が救出されたが、他の生徒、教職員は全員死亡し、焼け落ちた講堂内は肉の焼けた臭いで満ち溢れ、炭化した骨が山積みになっていた。

あれほど酷い現場は見たことがない、と多くの消防士が証言しているが、燃焼の異様な速さは、講堂内で保管していた大量の灯油のためというのが消防、警察の火災調査官の結論だった。

Rも犠牲者の一人であり、事実関係の検証が不可能なのはそのためだ。Rが放火したという噂が事実だとすれば、本人が死亡している理由が説明できない。

Rによる放火でなければ、消防の発表にもあったように失火ということになる。常識で言えば、そう考えるべきだろう。

ただ、Rが放火したという噂が囁かれていたのは事実で、今もそれは残滓のように漂っている。何らかの理由がなければ、この噂はいずれかの段階で消えていたはずだ。

戴帽式に出席していなかったため、火災の被害から免れた教師によると、Rは学年でトップの成績を誇る優秀な生徒で、父親が外科医ということもあり、医学的な知識も豊富だった。一年生の病院実習でも、現役の看護師より能力が高い、と医師が感心したという話が残っている。

青美が提携していた梅ノ木総合病院には、高齢者向けのリハビリセンターがあり、全生徒がリハビリ研修を受けていたが、高齢者のケアにも高い能力を発揮し、献身的に尽くしていた。青美のナイチンゲールと呼ぶ者もいたほどで、非の打ち所がない生徒と言っていい。

にもかかわらず、今日に至るまで、Rが講堂に放火したと信じ、主張する者は少なくない。

その傍証として、救出された女子生徒の証言があるが、火災のため意識喪失期間が長く続いていたため、確実とは言えない。

ただ、火災直後から、Rによる放火という噂が流れていたことにも留意する必要があるだろう。この噂はすぐに都市伝説化し、テレビの再現ドラマ、研究家による著作物、その他ゴシップ誌など、多くの媒体で取り上げられた。

それ自体は他の都市伝説でもよくあることで、トイレの花子さんのように映画化された例もあるから、特に不思議な現象ではない。

ただし、本件は他の都市伝説と全く異なる側面がある。火災発生直後からRの名前が取り沙汰されたこと、Rによって直接的な被害を受けた者がいたと思われることがその理由だ。それは青美看護学校火災事件が起きる前から、Rに不審な点があったことを意味している。

本書はいわゆる「中原裁判」に関するルポルタージュだが、執筆に当たりRに関するさまざまな疑問を解明していく必要があると筆者は考えた。

本章では一九九〇年九月二日から同月末にかけて、青美看護学校内で起きた二件の自殺について考察していく。

（溝川耕次郎『彼女を殺したのは誰か』）

その後、夏休みの間に彼女から電話があったのは……十回ほどだったでしょうか。特に用があるわけでもなく、元気にしてたのと言うぐらいで、少し話すとそれで終わりでした。

変わった子ね、と母が何度も言っていましたが、そういう子だから、としか答えられませんでした。彼女のことをどう説明していいのか、わからなかったんです。

九月二日の昼、わたしは家を出て寮に戻りました。わたしだけではなく、生徒の半分以上がそうだったと思います。

翌日の九月三日から二学期が始まるので、当日になって家から登校するより、その方が楽だと考えた生徒が多かったんです。

家で昼食を済ませてから東陽町の駅まで行き、歩いて青美に向かいました。着いたのは三時ぐらいだったはずです。

ひと月ぶりに寮の部屋に入ると、空気が淀んでいて、少しかび臭い感じがしました。窓を開けて空気を入れ替え、布団を干したり、部屋の掃除をしたり……ほとんどの生徒が同じだったと思います。

少し落ち着いたのは夕方五時過ぎで、寮監の倉重さんこそいましたが、まだ夏休み期間中でしたから、食堂は閉まっています。

部屋の掃除は終わってましたが、他にもやらなければならないことがあったので、近くにあるコンビニで何か買って食べようと思ったんです。

廊下に出ると、〝マヅルカ〟が聴こえてきたので、彼女が戻っているのがわかりましたが、陰鬱な歌声に何となく気が重くなったのを覚えています。

朝から空が厚い雲で覆われ、今にも雨が降ってきそうな日でした。九月の初めですから、日没まで一時間くらいありましたけど、日暮れ前のように辺りが暗く感じられました。

その時、外に出ていたのはわたしだけでした。倉重さん以外の教職員はいませんし、寮にいたのは百人ほどでしたから、人の出入りそのものが少なかったんです。

校門に足を向けた時、いきなり背後で凄まじい悲鳴が聞こえました。反射的に振り向くと、ものすごいスピードで校舎の屋上から落ちてくる女性の姿が、わたしの視界一杯に映ったんです。

一秒にも満たない時間だったはずですが、手足を闇雲に振り回し、落ちてくるその人の顔をはっきり見ました。彼女は白目を剝いていました。

信じてもらえないのはわかっていますが……彼女と目が合ったんです。本当です。本当に目が合ったんです。

鈍い、嫌な音が聞こえたのは、そのすぐ後でした。校舎の前に花壇があったので、彼女の姿は見えませんでしたが、わたしは悲鳴を上げていました。

何人かの生徒が寮から飛び出してきたのを覚えています。一年生、二年生もいたと思います。

誰かがわたしの肩を支えてくれましたが、それがなかったら倒れていたでしょう。どうしたのと聞かれても、答えられないまま校舎を指さすのが精一杯でした。

その後のことは、よく覚えていませんが、何人かが校舎へ近づいていき、大声で泣き喚きながら戻ってきたのは確かです。

何があったのと言ったのは、同じA組の里山さんでした。加奈子が死んでると叫んだのが誰だったかは、今もわかりません。

同じA組の生徒ですが、芳川加奈子と親しくはしていませんでした。派手に遊んでいたグループの一人で、夜中に寮を抜け出し、男の人と居酒屋で朝まで過ごしたり、彼氏を自分の部屋に呼んで、朝まで一緒にいたこともありました。

髪を茶に染めたり、ピアスをつけたりして、秋山先生や池谷教頭から何度も注意されていましたが、態度を改めることはなかったんです。

青美の生徒は、ほとんどが真剣に看護婦を目指していました。それもあって、加奈子たちのグループが浮いていたのは本当です。

嫌われていたというのではなく、あの子たちはわたしたちと違う、という思いが生徒たちの中にあったんです。

駆け戻ってきた生徒の一人が口に手を当てて、いきなり嘔吐しました。他の子たちも、顔色は真っ青でした。

「日菜子、大丈夫？」

里山さんに肩を揺すぶられましたが、首を振ることしかできませんでした。倉重さんが走ってきたのは、そのすぐ後です。

里山さんが事情を説明すると、花壇に近づいていき、すぐに駆け戻ってきました。ぽつぽつと雨が降り始めていましたが、倉重さんの顔が濡れていたのは、額から垂れていた汗のためでした。

「全員、寮に戻りなさい！　早く！　外に出ないように！　警察には私が連絡する！」

元自衛官だった倉重さんは、五十代後半で、寮監としてはとても厳しかったのですが、普段はのんびりしていて、いつもにこにこ笑っている近所のおじさん、というイメージを生徒たちは持っていました。

でも、あの時は倉重さんの顔が何かに押さえ付けられているように歪んでいたんです。まるで別人のようでした。

その頃には、数十人……もっと多かったかもしれませんが、大勢の生徒が外に出ていました。何があったのと叫ぶ声が周りから聞こえましたが、何でもいいから部屋に入りなさいと倉重さんが怒鳴ると、それぞれがエントランスに戻っていきました。

怒られたからではなく、倉重さんの怯えが伝染った、そういうことだと思います。それほど倉重さんの顔は……人の形をしていなかったんです。

どうしていいのかわからないまま、里山さんに支えられて寮に入ると、そこに一、二年生が立っていました。狭いエントランスから廊下に人の列が連なっていましたが、誰もがパニックに陥り、泣き叫んでいたのを覚えています。

何が起きたのか、その時には全員がわかっていたのでしょう。加奈子が校舎の屋上から落ちた、という声がいくつも重なって聞こえました。

「あんなの見たことない」

泣きながら話していたのは、二年生の一人でした。花壇の奥へ行って、加奈子の死体を見つけた人です。

「操り人形みたいに、手足が変なねじれ方をして……うつ伏せだったけど、顔が見えた。首が折れたから、背中の側に顔が……」

校舎の屋上から飛び降りたみたい、と何人かが言ってました。そうとしか考えられない状況でしたが、朧げな意識の中、何かが違うとわたしは思っていました。

中原先生は飛び降り自殺をした人を……その瞬間を、見たことがありますか？　ないですよね？

わたしもそうです。テレビドラマでそういう場面を見たことはありますし、バラエティ番組の衝撃映像特集でも〝決定的瞬間〟みたいな形でよく取り上げていますが、直接自分の目で見た人なんて、めったにいないでしょう。

ですから、妙だとか、不自然だとか、そんなふうに思ったわけではありません。手足をばたばた振り回していたのも、よくあることなのかもしれません。

悲鳴を上げていたのもそうです。飛び降りた瞬間、怖くなって叫んだというのは、ありそうな話です。

わたしが見たのはほんの一瞬で、一秒以下の時間でした。瞬きするよりも速く、加奈子は落ちていったんです。あっと言う間の出来事でしたから、何か変だと思っても、深く考えることはできませんでした。

ただ、加奈子の目をわたしは見ていました。白目になっていましたが、そこに恐怖の感情がはっきりと映っていたんです。

加奈子と一瞬……一瞬の何分の一かもしれませんが、目が合ったのは間違いありません。あの時、加奈子が顔を上げてわたしを見つめたのも確かです。何か……何なのかはわかりませんが、訴えるような目をしていたんです。

（自殺じゃない）

わたしの頭に浮かんだのは、その六文字だけでした。加奈子はそれを伝えたかったのではないか……そう思えてなりません。

でも、推測どころか妄想と言われても仕方ないのはその通りです。飛び降り自殺だと言っていた人たちも、実際に何が起きたのか、あの時点ではわかっていませんでした。そうとしか考えられない、ということでしかなかったんです。

わたし自身、何がどうなっているのか、まるでわかりませんでした。頭が真っ白になって、自分が何を見たのか、はっきり思い出すこともできなくなっていました。思い出すことを、心が拒否していたんです。

「日菜子、大丈夫？」

耳元で声がして、顔を上げると、彼女が隣に立っていました。

「怖かったでしょう。でも、リカがついてるから、心配しなくていい」

どうなってるの、と近くにいた同じクラスの栗林さんが叫びました。

「日菜子、説明してよ、何を見たの?」

　止めて、とわたしを守るように彼女が前に回りました。

「どうして美加はそんなに無神経なの? 日菜は飛び降りた加奈子を見てるのよ? どれだけ怖かったかわかる? それに、興味本位でそんなこと聞くなんて、どうかしてる。前から思ってたけど、美加にはそういう鈍感なところがある。それって、人としてどうなんだろう。日菜が震えてるのがわからないの?」

　彼女がわたしの背中に手を当ててました。震えていたのは本当です。彼女の手はすごく冷たくて、肩の辺りまである長い髪も、びっしょり濡れていました。

「余計なことは言わないで。泣いたって喚いたって、加奈子は帰ってこない。そうでしょう?」

　彼女の鋭い視線に、人の波が二つに割れました。部屋に戻ろう、と彼女が囁きました。

「嫌なものを見て、辛いよね。すぐ警察が来て、日菜の話を聞きたいって言うはず。目撃者だから、それは仕方ないけど、今のうちに少しでも休んでおいた方がいい」

　彼女に引きずられるようにして、わたしは部屋に戻りました。立っていることができなくて、崩れるように床に座り込みましたが、その後のことははっきりしません。

　でも、ひとつだけ覚えていることがあります。どうして彼女の髪が濡れていたのか……それを考えていたんです。

コンビニへ行くために寮を出た時、雨は降ってませんでした。わたしの悲鳴を聞いた里山さんたちが飛び出して来た時もそうです。

雨が降りだしたのは、倉重さんが加奈子の死体を確認したすぐ後でした。雨というより、ぱらぱらと雨粒が落ちてきた……そんな感じです。

寮に戻った時、わたしも里山さんたちも、少しだけ雨で濡れていましたが、ハンカチで拭く必要もない程度でした。本降りになったのはその後です。

でも、彼女は全身が濡れていました。髪も服も、バケツの水を被ったようだったんです。自分の部屋を出て、廊下を歩いていた時、彼女の部屋から〝マヅルカ〟が聴こえたのは覚えていました。

戻ったんだ、ぐらいにしか思いませんでしたが、彼女は外にいたのでしょう。そうでなければ、あんなに濡れていたはずがないんです。

もうひとつ、彼女が栗林さんに言った言葉が何度も頭を過りました。日菜は飛び降りた加奈子を見てるのよ……そう言ったんです。

悲鳴が聞こえて振り向いた時、落ちてくる加奈子が見えたのは本当です。でも、ショックが大き過ぎて、何が起きたのか、わたしには説明することができませんでした。

もう一度言います。わたしは加奈子が校舎の上から落ちてくる瞬間を見ています。ですが、それは誰にも話していません。それどころではなかったんです。

もちろん、現場を見れば何があったのか察しはついたと思います。わたしの悲鳴を聞き、わたしの様子を見た里山さんたちは、何を見たのか想像できたでしょう。ただ、それはあくまでも想像に過ぎません。

ですが、彼女は〝日菜は飛び降りた加奈子を見てるのよ〟と言い切っていました。あの瞬間、わたしを見ていた者でなければ、そんなことを言えるはずがないんです。

でも……それ以上は何も考えられませんでした。加奈子の白い目がわたしの中でどんどん大きくなって、気分が悪くなってしまったんです。

吐き気を堪えてベッドに横になると、〝マヅルカ〟が聴こえてきました。薄い部屋の壁が震えるほど、大きな音でした。

（渡会日菜子『祈り』）

「青美看護専門学校生徒、飛び降り自殺か

9月2日午後5時過ぎ、江東区の青美看護専門学校で生徒が倒れていると職員から通報があった。警察が駆けつけたが、倒れていたのは同校1年生、芳川加奈子さん（18）で、現場で死亡が確認された。死因は全身打撲によるショック死。芳川さんが同校校舎屋上から飛び降り自殺を図った可能性が高い。屋上は約2メートルの金網で囲われていたが、現場にペンチが残されていた。芳川さんが自分で金網を切断し、そこから飛び降りたのではないかと警察関係者は取材に応えている。また〝ゴメンね〟と書かれたメモがペンチの下に置かれていたが、遺書と思われる。中央東陽署は、芳川さんが自殺に至った経緯を調べている」

（一九九〇年九月三日付　東洋新聞夕刊）

nurse 4
計画

救急車とパトカーが前後して青美に来たのは五時半……六時頃だったかもしれません。校舎から落ちていく加奈子を見ていたわたしは、ショックが大きかったこともあり、時間の感覚がなくなっていたので、正確な時間はわかりません。

対応に当たっていたのは寮監の倉重さんで、生徒は自室から出ないように命じられていましたが、後で聞くと、ほとんどが一階のエントランスに集まり、何が起きたのか話していたそうです。

　わたしは部屋のベッドに座ったまま、動けずにいました。頭に浮かんでくるのは加奈子の顔だけで、白い目がわたしをじっと見つめています。怖くてたまらなかったのですが、全身の力が抜けて、何をすることもできませんでした。

　ノックの音がしたのは七時……もう少し後だったかもしれません。ドアを開けると、倉重さんともう一人、背広を着た中年の男の人が立っていました。中央東陽署の西脇という刑事で、野宮さんと井筒さんの事件を担当していたため、顔と名前は覚えていました。

　二人がわたしの部屋に入り、詳しい事情を話してください、と西脇刑事が言いました。

「芳川さんが校舎から落ちる瞬間を見ているのは、渡会さんだけだと聞いています。何か覚えていることはありませんか？」

　西脇刑事は大柄で、いかにも刑事らしい体格ですが、声は落ち着いていて、話しやすい雰囲気がありました。

　よく覚えてません、とわたしは答えました。一瞬のことでしたし、混乱していたので、記憶がはっきりしていなかったのは本当です。

　約ひと月ぶりに寮へ戻り、部屋の掃除をしたこと、小腹が空いたのでコンビニへ行こうと寮を出た時、悲鳴が聞こえて振り返ると、もの凄い速さで加奈子が落ちていった……それぐらいしか話せませんでした。

　西脇刑事が部屋にいたのは、三十分ぐらいだったと思います。他にもいろいろ質問されましたが、ほとんど答えられませんでした。

　もういいでしょう、と言ったのは倉重さんです。ショックを受けているわたしを見かねたようでした。

「自殺なのは間違いないんだから、生徒に詳しい事情を聞いても意味はないと思いますがね。本人も言ってるように、一瞬の出来事だったのは、刑事さんだってわかるでしょ？　思い出せと言われても、無理なものは無理ですよ」

　自殺なんですかと顔を上げたわたしに、おそらくそうでしょう、と西脇刑事がうなずきました。

「芳川さんがファイロファックス……分厚いメモ帳を使っていたのは知ってますか？　屋上にその一ページが残されていました。〝ゴメンね〟と書いてありましたが、池谷教頭、担任の秋山先生も、本人の字だと話しています。芳川さんはペンチで屋上の金網を切断し、そこから飛び降りたと思われます。ただ、自殺の理由が不明で……ご両親とも話しましたが、夏休みの間、特に変わったことはなかったとおっしゃっています。芳川さんについて、何か悩んでいたとか、そんな話を聞いたことはありませんか？」

飛び降り自殺というのは、生徒たちの間でもそんな話が出ていましたし、他に考えられないというのもその通りです。

でも、加奈子がそんなことをするはずがない、という思いもありました。青美での日々を一番楽しんでいたのは、加奈子を含めた四人のグループだったからです。

青美は看護婦（士）、正確には准看護婦（士）を目指す者のための専門学校で、歴史も伝統もありましたし、ほとんどの生徒は真面目で、真剣に看護婦になりたいと考えていました。ただ、どんな学校でも同じだと思いますが、ある種の腰掛け……そんな感じの人もいたんです。加奈子たち四人がそうでした。

門限を破ったり、夜中に寮を抜け出して朝まで遊んでいたり、時には倉重さんの目を盗んで男性を部屋に入れてひと晩過ごしたり……加奈子たちにとって、青美は親元を離れて自由に過ごすための場所だったんでしょう。准看護婦になれなくても構わないと言っていたのは、わたしも聞いたことがあります。

責めているわけではありません。それは個人の考え方で、他人がとやかく言うことではないでしょう。

迷惑にならない範囲であれば、何をしても構わないとわたしは思っていました。誰にとっても、それは同じだったはずです。

加奈子とそのグループが遊んでばかりいたのは本当で、毎日楽しそうにしていました。羨ましいと思えるぐらいで、悩みがあったなんて考えられません。

何かで悩んでいたとしても、自殺するほど思い詰めていたはずがありません。そういう性格ではなかったんです。

そして、わたしは校舎の屋上から落ちてくる加奈子の目を見ていました。自殺じゃない、と白い目で訴えていたんです。

でも、それは思い込みなのかもしれません。だから、西脇刑事には何も言えなかったんです。

翌日、九月三日に予定通り二学期の始業式が行なわれました。加奈子の死が自殺だと警察が判断したためで、芳川さんのために黙禱しましょう、と校長が沈痛な表情で言ったのを覚えています。

池谷教頭からは、あなたたちぐらいの年齢だと、些細なことで悩んだり、傷ついたりすることがあり、衝動的に自殺を図る者もいる、と話がありました。動揺する気持ちはわかるけれど、あの子のためにも全生徒が熱意を持って学び、立派な看護婦になってほしいと言っていました。

夏休みの終わりに、加奈子が交際していた男性と別れ、落ち込んでいたという話が伝わってきたのは始業式の夜でした。両親か警察か、加奈子と親しくしていたグループの誰か……噂の出所はわかりませんが、失恋のせいで自殺したらしい、とみんなが話していたんです。警察が自殺という結論に至ったのは、それが理由だと聞きました。

それを聞いたわたしには、違和感しかありませんでした。恋愛は加奈子にとってゲームと同じでしたから、失恋ぐらいで死ぬはずがないんです。

〝ゴメンね〟というメモは遺書だ、と警察は考えていたようですが、それも間違いだと思いました。

別れた原因が加奈子の側にあったとしても、あの子の方から謝るなんてあり得ません。そんなしおらしい子ではなかったんです。

想像に過ぎない、と中原先生が言うのはわかっています。でも、誰かが加奈子を脅かし、あるいは騙して〝ゴメンね〟と書かせ、あらかじめ切っておいた金網の穴から突き落とした……それが加奈子の死の真相なんです。

どうしてあの時、警察にそれを訴えなかったのか……今でも後悔しています。

言うまでもありませんが、加奈子を殺したのは彼女です。あの時、彼女は二つのミスを犯していました。

証拠とは言えなくても、それを警察に伝えていれば、彼女のことを調べてくれたかもしれません。そうすれば、あんなに大勢の人が死なずに済んだのではないか……そう思えてならないんです。

前にも話しましたが、わたしが寮を出た時、雨は降っていませんでした。加奈子が校舎から落ちてきた時も、わたしの悲鳴を聞いた何人かの生徒が駆けつけた時もです。

強い雨が降りだしたのは、倉重さんがわたしたちを寮に戻した直後でした。雨の気配こそありましたが、あれほど急に降りだすとは、彼女も予想していなかったのでしょう。

校舎の屋上から加奈子を突き落とし、その場にメモを置き、人目を避けて校舎の外の非常階段を下りて寮に戻った……だから、全身がびっしょり濡れていたんです。それは彼女が長い間外にいた証拠で、ミスというより想定外の事態が起きたということかもしれません。

ですが、〝日菜は飛び降りた加奈子を見てるのよ〟と口走ったのは、彼女らしくないミスでした。わたしを見ていた者でなければ、そんなことを言えるはずがないんです。

わたしは気づきませんでしたが、加奈子を突き落とした時、彼女はわたしの姿を見ていたのでしょう。

加奈子に〝ゴメンね〟と書かせたのも、わたしに言わせればミスということになります。いかにも遺書らしい、長い文章を書かせることはできなかったはずですから、やむを得なかったのでしょうけど、加奈子の性格を考えれば、絶対に出てこない言葉なんです。

後にわかったことですが、加奈子が失恋して傷ついていたという噂の出所も彼女でした。何のためにそんなことをしたのかは……考える必要もないでしょう。

納得できる理由があれば、警察も学校も加奈子が自殺したと判断します。だから、そんな噂を流したんです。

でも……わたしは誰にもこのことを話しませんでした。憶測に過ぎないと言われたら、どうにもなりません。直接的な証拠にならないのもわかっていました。だから話さなかったんです。

本当は……黙っていたのは、怖かったからです。警察に話せば、何が起きるかわからない……いえ、違います。わかっていたから怖かったんです。

話すべきでした。それができなかったのは、勇気がなかったからです。あの後のことは、わたしにも責任があるんです。

（渡会日菜子『祈り』）

青美看護専門学校では九月二日に一人、そして同月二十九日に二人の女子生徒が自殺している。この二件の事件を検証する前に、当時の状況を簡単に説明しておく。

青美では一年生の五月下旬から病院実習が始まることになっていた。三年制の専門学校では二年生から実習を始めることもあるが、二年制の専門学校だったため、それが慣例になっていたようだ。

一年生三クラスが提携していた梅ノ木総合病院（五十嵐注・以下、梅ノ木病院と略す）にローテーションで通い、各診療科で見学するというのが実習の内容で、医療補助行為は禁じられていた。

生徒たちは四月に入学して、五月の終わりまでの約二カ月間しか看護師としての教育を受けていないから、実情としては素人と変わらない。事故を起こしてはならないという意識が病院側にもあったため、見学しか許可していなかった。

ただし、これは建前の部分もあり、暗黙の了解で医師、あるいは看護師の補助をすることはあったという。看護師立ち会いの下、切り傷に絆創膏を貼る、包帯を巻くといったようなレベルの医療補助を青美の生徒がしていたのは、複数の証言がある。

それとは別に、梅ノ木病院の看護師の指導で、生徒同士がペアを組み、ある状況を設定した上で（五十嵐注・例えば交通事故による負傷者が搬送されてきた場合を想定して、具体的に何をするか教える。救急対応がメインだったようだ）、初期対応を学ぶことも実習カリキュラムには含まれていた。

二年生になると、実習という呼称が研修に変わる。研修に際しては医師も指導に加わり、より実践的な教育をするが、一年生の間は基本的に見学者というポジションで、その他は高齢者のリハビリ、入院患者の介助補佐などが主な仕事だった。

実習において、Rが非凡な才能を発揮していたことは、多くの関係者の証言がある。正看護師よりも的確な処置を施す高度な能力を持っていた、と話す医師もいたほどだ。

どんな仕事、職業でも、向き不向きがあり、教わらなくても何をすればいいか直感的にわかる者、丁寧に教えても身につかない者がいる。Rは前者だったのだろう。

熱心に実習に取り組み、常に高齢者に優しく接することも、梅ノ木病院内ではよく知られていた。休日に病院を訪れ、高齢者の話し相手になったり、ボランティアでトイレや入浴の介助をすることも珍しくなかったという。

梅ノ木病院には内科、外科をはじめ、十の診療科、他にリハビリ室と集中治療室があったが、実習ではランダムに各科を回っていく。どの科でもRへの評価は高く、優秀だと誰もが認めていた。

能力の高さについて、医師の一人がRに話を聞いたところ、父親が外科医だったことで、幼い頃から看護師の働く様子を見ていたため、無意識のうちに学んでいたのではないか、と本人は説明していた。

梅ノ木病院の釘下（くぎした）院長（当時）は、青美に対し、卒業後Rの雇用を確約している。梅ノ木病院が青美と提携していたのは、優秀な人材の確保というメリットがあったためだが、一年生の時点で採用を決めた例はそれまでなかった。このエピソードからも、Rの能力が突出して高かったことが窺われる。

実習は生徒の実力査定の場でもあった。Rのように優秀な者もいれば、そうではない者もいた。中には、はっきりと不向きな生徒もいたようだ。

病院側から青美に対し、『××さんはもう少し勉強の必要があるのではないか』という連絡が入り、稀にだが実習から外されることもあったという。

実力査定と書いたが、適性審査と言うべきかもしれない。患者への接し方、あるいは医師、他の看護師とのコミュニケーション能力が重要視されていた、と釘下院長は取材に答えている。

実際に診療の現場に立ってみなければ、わからないこともある。学校の成績が優秀でも、実習の場では不向きだと判断される者もいた。

B、Cという二人の女子生徒が、まさにそうだった。彼女たちは成績も上位グループに入っていたし、実習にも前向きな姿勢を示していたが、現場でミスを何度も起こし、叱責されることが他の生徒より多かった。

二人がそれを苦にしていたのは、複数の教職員が証言している。悩みを相談された教師もいた。

BとCの二人が寮の自室で心中を図ったのは、九月二十九日未明三時過ぎだった。

（溝川耕次郎『彼女を殺したのは誰か？』）

加奈子の件があったために、生徒のメンタルケアが手厚くなったのは本当です。一、二年生全クラスがそうでしたが、毎日のホームルームの最後に、悩みや心配事があれば相談することと毎回言われましたし、週に一度、担任の先生、教頭の池谷教頭が数人ずつ生徒と面談する時間を設けるようになったんです。

特に一年A組の生徒は、誰もが加奈子の死を重く受け止めていました。確かに、加奈子のグループはクラスで浮いていましたが、クラスメイトとして机を並べていたわけですから、他のクラスの生徒と違う思いがあったんです。

桜庭さんの死は事故によるもので、知り合ってひと月半ほどしか経っていませんでしたから、ショックではありましたが、ある意味で驚きの方が勝っていましたし、運が悪かっただけと自分自身を納得させることもできました。

でも、加奈子の死は自殺です。一学期の間、同じ寮で暮らしていたので、気分が落ち込んでいくのを止められませんでした。先生方も努力されていたと思いますが、どうすることもできなかったんです。

加えて、夏休み明けから梅ノ木総合病院での実習が週三回に増えていたこともあり、落ち着かない日々が続いていました。あくまでも見学者という立場ですが、実際に診療の現場に立ち、患者さんもいます。緊張せざるを得ません。

診療はもちろん、医療行為にはタッチしないという建前こそありましたが、二学期に入ると医師、看護婦（士）の指示で、補助に回ることも増えていました。そこが一学期の実習との大きな違いで、誰にとっても初めての体験ですから、ミスが起きるのはやむを得ないでしょう。

本当に簡単なレベルの医療補助なので、ミスしたからといって問題になるわけではありませんが、患者からのクレーム、看護婦による叱責など、気を遣わなければならないことも多く、それもわたしたちにとってプレッシャーでした。

青美に入校した四月から九月はじめまでの五カ月間に、四人の生徒が亡くなっています。混乱と緊張が続き、誰の顔からも笑顔が消えていました。

本当なら、わたしたちは桜庭さんや加奈子の死にきちんと向き合い、話し合うべきだったんです。実習についても、お互いにアドバイスをしたり、励まし合ったり、悩みがあれば相談すればよかった、と思います。

　でも、毎日の授業、実習、課題、四人の生徒の死……さまざまなことが重なって、話し合う余裕なんてなかったんです。

　わたしたちの中で一番大きかったのは、加奈子の自殺でした。クラスの誰と話すにしても、加奈子の死について触れざるを得ません。

　それを避けたいという気持ちが誰の中にもあり、授業や実習が終われば寮の自室に戻り、食堂で夕食を取った後もすぐに部屋に戻る……いつの間にか、それが当たり前になっていました。

　クラス内にあったいくつかのグループはバラバラになり、それまで親しくしていた者ほど、お互いがお互いを避けるようになったのは、ある意味でやむを得なかったのかもしれません。話せば、どうしても加奈子のことが頭に浮かびます。思い出したくない、という心理が働いていたのでしょう。

　わたしについて言えば、千尋がわたしのことを悪く言っていると数人の生徒に聞いて、付き合いに一線を引くようになっていましたが、他のグループでも似たようなことが起きていたのだと思います。クラスの雰囲気は最悪でした。

青美は専門学校ですから、大学のようなサークルはありませんし、高校とは授業の内容もまったく違います。寮生活も初めてでしたから、どこまで踏み込んだ話をしていいのか、それもわからなかったんです。

十八歳の女子ですから、授業の合間にお喋りをしたり、昨日見たドラマの話で盛り上がったり、そんなことはありましたが、長くは続きませんでした。何となく、いつの間にか、誰もが口を閉じてしまう……毎日がそんな感じでした。

実習が大きな負担になっていたのも確かです。週に三回、午後の授業のあと、二キロほど離れた梅ノ木病院へ徒歩で向かい、ランダムに各診療科で見学するのですが、午後六時まで立ちっぱなしです。

次から次へと患者がやってきますから、気を抜く暇はありません。週明けには実習レポートの提出が義務づけられていたので、キャパシティを超えていると思うこともあったぐらいです。

言い訳に聞こえるかもしれませんが、栗林さんと奥村さんが悩んでいたことに気づかなかったのは、そういう事情もありました。

指示があれば看護婦の補助に回ることもあったと言いましたが、わたしたちは四月から七月末まで、約四カ月しか学んでいない看護学生に過ぎません。補助といっても、誰でもできる簡単なことしか命じられることはありませんでした。血圧を測るとか、ガーゼを当てるとか、それぐらいです。

ただ、目の前に患者がいるわけですし、医師や看護婦も見ています。どうしても緊張してしまいますし、いくつかの指示が重なると、頭が真っ白になってどうしていいのかわからなくなる……ほとんどの生徒がそうでした。

不慣れで、経験不足だったためで、二学期が終わる頃には、多くの生徒が頭で考えるより先に手が動くようになっていましたが、最初のうちは何を指示されても、戸惑うことの方が多かったんです。わたしも何度か小さなミスをしたことがありますし、他の生徒も同じでした。

ただ、栗林さんと奥村さんの二人は……二人とも成績はトップクラスで、優秀な生徒でした。自信もあったと思いますが、実習ではうまくいかない、それで余計に焦ってミスを重ねる、その繰り返しが続いていました。

適性ということなのかもしれませんが、勘がいい人もいるんです。何をどうすればいいのか、彼女たちは直感的にわかっていたんでしょう。

成績とか、手先の器用さは関係ありません。それよりも想像力というか、今、何をするべきなのか、次はどうなるのか、何を要求されているのか、それさえわかっていれば余裕を持って対処できます。

相手が何を思っているのかを考えれば、それは思いやりになります。看護婦にとって、一番大切なことかもしれません。

栗林さんと奥村さんには、それが欠けていました。二人に共通していたのは、悪気なく無神経なことを言って他人を傷つけてしまうところだったんです。

自己中心的な性格でしたから、それに気づくこともありません。これは言い過ぎかもしれませんが、もともと看護婦に向いていなかったんです。

実習が終わると、毎回のように二人は注意を受けていました。それはわたしも何度か見たことがあります。

でも、あの頃は誰もが自分のことで精一杯で、悩みを聞いたり、慰めたり励ましたりする余裕はありませんでした。

二人が彼女に相談していたと聞いたのは、ずっと後のことです。わたしたちが実習で苦戦している中、彼女だけは与えられた仕事を悠々とこなしていましたから、二人が相談相手に彼女を選んだのは、わからなくもありません。

実習の際、信じられないほど彼女が優秀だったのは、A組の生徒だけでなく、梅ノ木病院の医師、看護婦たちも認めていました。指示に対する理解力、処置の的確さ、手際の良さ……数え上げたらきりがありません。

一学期の終わり頃には、看護婦が指示を出すと、まず彼女が見本を示し、わたしたちがそれに従うという形になっていたぐらいです。病院側からも信頼されていました。

あの子は巧いね、と医師や看護婦が話しているのは、幾度となく聞いたことがあります。専門学校の生徒に過ぎない彼女の方が、十年働いている看護婦より頼りになると言っていた医師もいたほどです。

それほど彼女の優秀さは際立っていました。栗林さんも奥村さんも、アドバイスしてほしいと考えていたのでしょう。

実習では十の診療科、リハビリ室と集中治療室を、四十人の生徒が数人ずつローテーションで回っていくので、彼女と一緒になる機会はそれほど多くありませんでした。半月に一回ぐらいだったと思います。

九月の中頃、一度だけ彼女と栗林さん、奥村さん、そしてわたしの四人で組んだことがありました。その頃には彼女が事実上の指導役になっていましたが、その目の奥に二人への嗤いが潜んでいることに気づいたのは、わたしだけだったかもしれません。

あの二人は言われたことしかできませんし、焦るばかりで、何度も同じミスを繰り返していました。時には思わず笑ってしまうような間違いもあったんです。

でも、笑うのと嗤うのは、はっきりと違います。彼女の中に、あの二人への侮蔑があったのは間違いありません。

「どうしてこんな簡単なことができないの？」

言葉にすれば、そういうことになるでしょう。生徒の中には不器用だったり、勘が悪い人もいました。

あの二人もそうでしたが、努力していたのは本当です。それを嗤うのはどうなのか……そんな想いがわたしにはありました。

変な言い方に聞こえるかもしれませんが、最初から何でもできる彼女の方がおかしいんです。誰であれ、初めてのことをする時は失敗する方が普通でしょう。

彼女の嗤いは、他人を馬鹿にしている、軽んじている者のそれでした。見下していた、と言うべきかもしれません。

彼女に看護婦としての適性があったのは確かです。異常なほど、高い能力がありました。逆に言えば、他の生徒に技術であれ心構えであれ何であれ、彼女には教える義務があったんです。でも、最小限のアドバイスしかしませんでしたし、質問されても答えない方が多かった気がします。

実習の前日は眠れなくなると、奥村さんが睡眠薬を飲んでいるのは、本人から聞いたことがあります。お父さんが薬剤師だったので、休日に帰った時、こっそり薬を持ち出していたそうです。おそらくですが、栗林さんも同じ薬を飲んでいたのでしょう。

実習があると思うと、わたしも不安でした。ミスをしてもたいしたことにはならないとわかっていましたが、相手が患者ですから、間違いがあってはならないという意識が常にあったんです。

だから、栗林さんと奥村さんが眠れないというのは、よくわかります。親しくしていたわけではありませんが、憔悴しきっている二人のことが心配でしたし、それは他の生徒も同じだったはずです。

担任の秋山先生に相談した方がいいと思うようになったのは、九月の終わり頃でした。でも、その時にはもう遅かったんです。

（渡会日菜子『祈り』）

「9月29日朝、青美看護専門学校内の寮で生徒2人が死亡している、と職員から119番通報があった。出動した東陽町消防署の救急隊員によれば、死亡していたのは同校1年生、栗林美加さん（18）と奥村英子（ひでこ）さん（18）。同日未明、栗林さんは奥村さんの部屋で睡眠薬を

飲んだ上で、室内で練炭を燃やし、一酸化炭素中毒で死亡したものと思われる。複数のクラスメイトが『実習についていけない』と2人が悩んでいたと話しているが、心中の可能性が高い。同校では今月2日にも1年生の生徒が飛び降り自殺しており、中央東陽署はその事件との関連性を含め、今後捜査に当たるとしている」

（一九九〇年九月二十九日付　東洋新聞夕刊）

あの日のことは、はっきり記憶しています。九月二十八日は金曜日で、A組の生徒全員が午後から梅ノ木病院へ向かったんです。

九月最後の実習だったため、青美側から全生徒に対し医療補助が命じられていましたが、どの程度の実力があるかを把握しておくための一種のテスト、という説明が事前にありました。

総合病院ですから、次々に患者が来ます。わたしと栗林さん、他の二人で組むことになり、内科の看護婦の補助につきました。緊張した栗林さんがミスを何度も繰り返し、そのたびに注意されていたのを見ています。

ついていないと言うと違うかもしれませんが、栗林さんの時だけ症状の重い患者が来て、かわいそうだと思うほどでした。最後の方は涙ぐんでいましたが、本人もどうしていいのかわからなかったのでしょう。

診療時間が終わる午後六時まで、四十人以上の患者が来たと思います。休憩時間はありましたが、栗林さんはため息をつくだけで、声をかけることさえできませんでした。

実習が終わり、寮に戻りましたが、その間も栗林さんはずっと黙っていました。わたしたち三人も疲れていたのですが、気にすることないよ、と慰めたのを覚えています。それぐらい栗林さんは落ち込んでいたんです。

青美の校門に入ったところで、突然栗林さんが怒りだしました。どうせ馬鹿にしてるんでしょ、みんなが嗤ってるのも知ってる、そんなことを脈絡なく口走って、寮に駆け込んで行ったんです。

わたしたち三人は呆気に取られるだけで、どうすることもできないまま、それぞれの部屋に戻りました。夕食の時間になり、A組のほとんどの生徒が食堂に集まっていましたが、栗林さんと奥村さんは現れませんでした。

気になって、外科で奥村さんと一緒に補助に当たっていた生徒に聞くと、指示通りできないことがあって、医師から強く叱責されたと言っていました。食事を取る気になれないまま、部屋に籠もっていたのでしょう。

　心配だよねと彼女が言ったのは、夕食の時間が終わる直前でした。わたしは離れた席に座っていましたが、彼女の声はよく通るので、話している内容がすっと耳に入ってきたんです。

　二学期が始まってから、A組の生徒同士の会話が少なくなっていたのは、前にも話しましたが、そのため食堂は静かでした。あの時、彼女が話した言葉は今も耳に残っています。

　あの二人には無神経なところがあると彼女が話し始め、誰もがその声に聞き入っていました。

「患者さんへの思いやりが足りないから、次に何をすればいいのかわからなくなる。だからミスが重なって、そのたびに怒られて、萎縮してまたミスをして……」

　無神経というのは言い過ぎだと思いましたが、ほとんどの生徒がうなずいていました。成績が良かったためかもしれませんが、何も考えないまま、他人を傷つけるようなことを平気で言ったり、わがままな態度を取ったり……そういう性格なのは、みんなもわかっていたんです。

「でも、リカはあの二人を放っておけない。だって、クラスメイトだから。友達だから。助けてあげたいって思ってる」

　立ち上がった彼女が、順に生徒たちの顔を見つめました。どう説明すればいいのかわかりませんが、十歳……いえ、もっと年上の人が諭すような話し方だったのを覚えています。

「リカたちはまだ経験が足りないし、何でもできるわけじゃない。それなのに、無理なことを命じてくる医師や看護婦がいる。それは違うんじゃないかって」

そうだよね、と何人かの生徒が大きくうなずきましたが、意見としてはわたしも同じでした。以前から、青美と梅ノ木病院の提携関係は対等と言えないと思っていたんです。

青美にとって最も重要なのは、卒業生の就職率でした。梅ノ木病院は青美卒の准看護婦を毎年一定数受け入れていましたから、どうしても青美が下にならざるを得ない構造があったんです。

梅ノ木病院にとって、わたしたちは無給のアルバイトと同じでした。しかも、指示には絶対に従わなければなりません。

看護婦たちが面倒な高齢者のリハビリの補助とか、クレームばかり言う患者を押し付けてくることもありました。

誰の心の中にも、不満やストレスが溜まっていたこともあり、二学期に入ってから初めて、みんなで話しました。彼女の言葉が、クラスをひとつにしていたんです。

週明けに秋山先生に相談しようと全員で決め、夜九時過ぎにそれぞれの部屋へ戻りました。わたしと彼女は部屋が隣同士ですから、自然と並んで廊下を歩いていたんです。

あの二人がかわいそう、と部屋のドアを開けたところで彼女がつぶやきました。

「日菜もそう思うでしょう？」

力になれたらいいんだけど、とわたしはうなずきました。月曜、一緒に秋山先生に相談に行こうと言って、彼女が部屋に入っていく背中を見た時、寒気……いえ、冷気を感じて体の震えが止まらなくなりましたが、理由はわかりません。

門限の十時まで少し時間があったので、寮を出てコンビニへ行き、飲み物を買って戻ったのは九時半ぐらいでした。流行っていたドラマが十時から始まるので、ジュースを飲みながらそれを見ようと思ったんです。十一時に点呼があるので、シャワーはその後の方がいいということもありました。

寮監の倉重さんは元自衛官で、時間に厳しい人でした。毎晩、十一時ちょうどに一階の一番奥の部屋から順番に点呼を取っていきます。時計を見なくても時間がわかるほど、判で押したように同じでした。

返事がないと、ドアを叩くのはもちろんですが、マスターキーを使って部屋に入ってくることも学校が許可していました。十年以上前ですが、生徒が部屋で手首を切って自殺を図ったことがあったので、寮監の判断で部屋に入ることができたんです。

入寮したばかりの時は、そのルールがよくわかっていなかったので、お風呂に入っていて点呼に気づかず、返事がないため倉重さんが部屋に入り、大騒ぎになったという笑えない話もありました。

十一時になると、いつも通り点呼を取る倉重さんの声が聞こえてきました。五分も経たないうちにわたしの名前が呼ばれ、返事をすると、升元さん、と倉重さんが隣のドアをノックする音がしたんです。

はい、と短く彼女が答え、その後も点呼の声が続いていましたが、わたしはシャワーを浴び、そのままパジャマを着てベッドで横になりました。

疲れているのに、なぜか目が冴えて眠れない……そういうことってありますよね？　普段は寝付きがいい方ですが、あの夜に限ってなぜか眠れませんでした。虫の知らせだったのかもしれません。

しばらく横になっていましたが、眠れないままベッドから起き出し、テレビをつけました。何か番組を見たかったのではなく、することがなかったからで、特に意味はありません。

ぼんやりといろんなことを考えていましたが、何というか……とても不安でした。喉の辺りまで心臓が迫り上がってくるような、そんな感じが続いていたんです。

夜明けの薄紫の光が窓から差し込んできたのを、うっすら覚えています。眠りについたのは、その頃だったのでしょう。

でも、すぐに目が覚めました。廊下を走る足音が、いくつも重なって聞こえていたんです。

叫び声も混じっていたと思います。時計の針が八時三分を指していたのは、今も忘れていません。

パジャマ姿のまま部屋を飛び出すと、廊下の隅に四、五人の生徒が立っていて、その前を倉重さんが走っていくのが見えました。急いでください、と叫ぶ声が聞こえた気もします。

倉重さんの後を追っていくと、一階の奥の方にある奥村さんの部屋の前で、数人の生徒がドアを叩いていました。誰の顔にも、怯えに似た表情が浮かんでいたと思います。

「奥村さん、開けなさい！」

繰り返し怒鳴っていた倉重さんが、持っていたマスターキーを鍵穴に突っ込み、ドアを開きました。何とも言えない熱気が辺りを包み、急に気分が悪くなって、その場から離れました。

開いたドアから、重なるようにして床に倒れている栗林さんと奥村さんの姿が見えましたが、二人とも顔色がうっすらとピンクがかっているのがわかりました。

「下がって！　下がりなさい！」鼻と口を手で押さえた倉重さんが、もう片方の手を大きく振りました。「誰か救急車を！　練炭が燃えてる！　ここから離れなさい！」

わたしたちは看護学校の生徒でしたから、理系の知識があります。炭素を含む物なら、不完全燃焼時に一酸化炭素を放出することを知っていました。

無色透明、無臭ですが、有毒ガスです。十分に換気されていない室内で発生した一酸化炭素を吸い込むと、意識混濁、呼吸困難に陥り、死亡することもあります。

倉重さんが廊下の端にあった消火器を持ち上げて部屋に飛び込み、正面の窓に向けて放り投げました。ガラスが割れる大きな音がしましたが、一酸化炭素ガスを外に出そうとしたのでしょう。

「誰か、火災報知器を鳴らして！」倉重さんが指示しました。「私は寮監室に戻って、全寮生に避難のアナウンスをする。君たちは一階の生徒を起こして、非常口から外へ出なさい！」

何があったの、という声が背後から聞こえました。彼女がそこにいるのは、最初から気づいていました。

焦げ臭い臭いに混じって、それを遥かに上回る不快な悪臭が漂っていたからです。腐った魚を酢で煮詰めたような、信じられないほどの悪臭がわたしの鼻孔に突き刺さっていたんです。

わからない、とだけわたしは言いました。二人が自殺したと答えるのは簡単ですが、そうではない、と頭の中で警告音が鳴っていたんです。

自殺に見えるけれど、本当は違う。そして、二人の死には彼女が関与している。

でも、それは直感に過ぎません。もし、ひと言でも口にすれば……それがわたしの運命を変えることになるとわかっていました。

火事が起きてるとだけ言って、わたしは走りだしました。

「他の生徒も避難させないと。急がないと大変なことになる」

振り向かず、そのまま廊下を駆け続けました。何人かの生徒がドアを開け、顔を覗かせていましたが、逃げてと叫ぶと、一斉に悲鳴が上がりました。

たぶん……わたしの顔に、何か……何か異様なものが浮かんでいたのだと思います。

（渡会日菜子『祈り』）

——約十五年前、青美看護専門学校で二名の生徒が練炭自殺を図っていますが、警察の火災調査官として事件を担当したのは、押部さんだと伺っています
押部修（以下、押部）「もう十五年も経ちますか……当時、私は五十五歳で、警視庁捜査一課の第七強行犯捜査・火災犯捜査2係に所属していました。ご存じかどうか、放火、失火事件を担当する部署です」
——当初、この事件は所轄署の中央東陽署が捜査していたそうですね。ドアや窓に目張りが

してあったこと、内側から鍵がかかっていたこと、ワープロに遺書が残されていたこと、そこに二人で死ぬと書いてあったことなど、二人の生徒が自殺……心中したのは明らかだったはずです。警視庁の捜査一課が動いた理由は何です？

押部「中央東陽署の方から、応援要請があったんですよ。青美看護学校で不審死が続いてたこともあって、捜査に加われと当時の係長から命じられた記憶があります」

——二人の女子生徒が練炭自殺を図ったのはその年の九月二十九日、同月二日に同校の女子生徒が校舎から飛び降り自殺しています。また、七月末には二人の男子生徒が喧嘩の末、一人が刺し殺され、犯人は逃走を試みましたが、トラックに撥ねられて死亡するという事件も起きています。もうひとつ、五月に女子生徒が駅のホームから転落し、轢死した事件がありました

押部「細かいことは覚えてませんが、そうだったと思います。同じ専門学校内で立て続けに不審死が起きたわけですから、所轄では対応できないと中央東陽署は考えたんでしょう。所轄署が本庁に応援を要請するのは、珍しい話ではないんです」

——そういう事情で、押部さんが警視庁から派遣されたわけですね？　現場には入ったんですか？

押部「もちろんです。二人の女子生徒の遺体が発見されたのは朝方だったと思いますが、本

庁に連絡が入ったのは午前十時前後で、一酸化炭素による中毒死、と死因も特定されていました。不審死が続いているという以外に予備知識がないまま、パトカーで青美看護学校に向かったのを覚えています」

——現場に入って、まずどう思われましたか？

押部「私が現着した時点で、二人の女子生徒の遺体は病院に搬送されていましたが、他はそのままになっていました。寮監の方が消火器か何かで部屋の窓を割っていたので、換気も済んでいたと思います。その方は元自衛官だったと後で聞きましたが、一酸化炭素中毒の知識があったことが幸いでした。中央東陽署の鑑識が撮影した二人の写真も、現場で見ています。重なるようにして、床に倒れていましたね。顔がピンク色でしたので、一酸化炭素中毒死だとすぐわかりました」

——他には？

押部「狭い部屋だった、という印象があります。部屋の真ん中に灯油缶が置いてあって、そこに練炭の燃え殻が残ってました。後の話になりますが、解剖の結果、二人の胃から睡眠薬が検出されています。死亡時刻は午前五時から六時、逆算していくと午前三時頃に睡眠薬を飲み、その直前に練炭に火をつけたんでしょう。我々は後に再現実験をしましたが、部屋の広さから考えると、一酸化炭素が充満するまで一時間ないし二時間ほどだったはずです。ドアや窓にガムテープで目張りがしてありましたし、特に不審な点はなかったですね」

――ですが、青美看護学校では不審死が連続していて……

押部「その後、中央東陽署の刑事係長から、詳しい事情を聞きました。あの年の五月以降、九月末までに六人の生徒が死んでいたのは事実で、慎重に調べる必要があるのはわかっていたつもりです。とはいえ、不幸な偶然が重なっただけとしか、私には思えなかったですね。少なくとも、あの二人の女子生徒が心中したのは本人たちの意思で、それは絶対だと断言できます」

――根拠は何ですか？

押部「部屋の窓、そしてドアに内側から目張りがしてあったことが決め手でしたね。ワープロの遺書には、看護実習についていけないと書かれていたと思いますが、同じクラスの生徒、提携していた病院の関係者に確認したところ、二人が悩んでいたことがわかりました。私も直接何人かの生徒から聞きましたけど、死にたいと口走ったこともあったそうです。死にたいぐらい悩んでいるという意味だと思った、と一人の生徒は話してましたね」

――その証言をした生徒のことは覚えていますか？

押部「十五年前ですよ？　さすがに覚えてませんね。背の高い、痩せた子だったと思いますけど、それ以上は何とも……」

——他には？

押部「そうですね……部屋には鍵がかかっていたと言いましたが、死亡した女子生徒のポケットに鍵が入っていたので、中から施錠したと考えられます。あの寮の部屋の鍵は一本だけで、マスターキーを寮監の方が持ってましたが、それ以外ありません。寮監は六十歳ぐらいだったと思いますが、二十年以上青美の職員を務めていると聞きました。そんな人が二人の女子生徒を殺すなんて、常識的に考えればあり得ないでしょう。あれは自殺……正確に言えば心中ですね」

——現場の状況を考えると、その通りかもしれませんが、不明点もあります。二人の女子生徒はどこで練炭を購入したんでしょう？　中央東陽署の刑事に確認しましたが、特定できなかったと回答がありました

押部「おっしゃる通りで、練炭の入手経路はわかりませんでした。我々もかなり調べたんですがね……おそらく、ホームセンターで買ったんでしょう。今もそうですが、当時もバーベキュー用とか、そういう形で売ってたんです。あの頃は店舗に防犯カメラなんてありませんから、いつ、どこで買ったかを調べるのは難しかったんです。あの二人は十八歳ぐらいでしたよね？　大学生がキャンプで使うために買ったと、店は思ったんじゃないですか？　とにかく、覚えている店員はいませんでしたよ」

――すみません、もうひとつだけ。寮監の倉重さんは、生徒の一人が寮監室に来て、一階の部屋で焦げ臭い臭いがすると叫んだのを聞き、火事だと判断して部屋に向かったそうです

押部「そう聞いています」

――ですが、練炭が燃えて一酸化炭素が発生しても、無臭ですよね？　その生徒は、どうして焦げる臭いを嗅いだんでしょう？　また、押部さんの推定通りだとすると、二人が練炭に火をつけたのは午前三時前後ということになります。灯油缶が焦げた臭いだろう、と中央東陽署の刑事が話していましたが、もっと早く焦げていたと考える方が自然ではないでしょうか？

押部「生徒が嗅いだのは、灯油缶の内側が焦げたために発生した臭いだと思われます。室内の状況、酸素濃度、温度、湿度、その他さまざまな条件によって、燃焼具合に差は出るんです。徹底的に調べましたが、不自然な点はなく、二人の女子生徒が練炭自殺を図った、という報告書を上げました」

――最後に聞かせてください。押部さんは雨宮リカという名前を知っているはずです。五年前に起きたあの事件の犯人です。所属こそ違いますが、あなたと同じ捜査一課にいた菅原刑事のことも覚えてますよね？　彼女が青美の生徒だったのは、確認が取れています。その上で、あの時の判断は正しかったと今も思っていますか？

押部「それは……何とも言えません」
（山倉尚人『消えた看護学校』）

――――――


栗林さんと奥村さんの自殺は、学校内でも大きな問題となりました。早い段階で心中だと結論が出ていたのですが、生徒たちはもちろん、先生方も動揺していました。

五月に起きた桜庭さんの轢死事故、一学期の終業式で井筒さんが野宮さんを刺し殺し、その井筒さんもトラックに撥ねられて死んでいます。

加奈子の飛び降り自殺、そして栗林さんと奥村さんの心中……約五カ月の間に六人の生徒が死亡したのですから、何かおかしいと思わない方が不自然でしょう。

二十九日は土曜でしたが、警察が部屋を調べるため、生徒は寮を出ていました。わたしたち一年生は講堂で十人ずつに分かれ、栗林さんと奥村さんが自殺した理由に心当たりはないか、と数人の刑事さんに聞かれました。

二人が実習でよくミスをしていたこと、医師や看護婦に叱られて悩んでいたことは多くの生徒が知ってましたから、心中の原因はそれだろうと結論が出たと後で聞きましたが、詳しいことはよくわからないままだったんです。

二人が悩んでいたのはその通りですが、自殺までするだろうか……わたし自身はそう思っていました。そこまで追い詰められていたはずがないんです。

二人とも成績は良かったですし、慣れれば対応できるようになるとわかっていたでしょう。嫌だ、辛い、辞めたい……そんな愚痴を何度か聞いていましたが、同じようなことはわたしも言ったことがあります。落ち込むことが多かったのは確かですが、心中なんてあり得ません。

でも、それは今だから言えることで、あの時は何も考えられませんでした。同じ寮で暮らす同級生二人が心中した……その現実に圧倒されていたんです。わたしだけではなく、他のクラスメイトも全員同じだったと思います。

警察の事情聴取が終わると、一週間の休校が決まったので家に帰るように、と秋山先生から指示がありました。警察の現場検証も続いていましたから、授業どころではなかったんです。

すぐにわたしは江戸川区の自宅に戻りました。母には電話で事情を伝えていたので、驚いてこそいましたが、とにかくゆっくり休みなさいと言ってくれたことで、少し気が楽になったことを覚えています。

翌日から、家の電話は鳴りっぱなしでした。同じA組の生徒が新聞やテレビのニュースを見て、何か新しい情報を知ると、それを伝えるために電話をかけてきたんです。

事件についてはマスコミの取材もありましたし、校門の前で生徒にインタビューする記者もいたぐらいです。テレビに映った子もいたので、不謹慎だとわかっていても、誰かと話さずにはいられない……そういうことだったのでしょう。

栗林さんと奥村さんが心中したということ以外、わたしたち生徒は正確な情報を何も知らされていませんでした。一番近くにいるのに、一番何も知らない……矛盾した話ですが、本当にそうだったんです。

二人が自殺した理由についても、わからないままでした。実習のミスを苦にしていたからということだけではなく、他にもいろんな噂が流れていたんです。

寮監の倉重さんが二人を殺したとか、A組の○○さんが関係しているらしいとか、二人を嫌っていた△△さんが怪しいとか……どこまでが本当で、どこからが嘘なのか、判断さえつかなくなっていました。

二人が遺書を残していたのを知ったのは、翌日の朝、ニュース番組を見た時です。最終的に休校期間は半月に延びたのですが、その間学校側から一切説明はありませんでした。

わたしたちは自分たちが見聞きした情報を繋ぎ合わせ、事件の全体像を推測するしかなかったんです。電話が鳴り止まなかったのは、情報交換のためでした。

彼女からも、日菜のことが心配なの、と何回か電話がありました。あの時、千尋が寮にいなかったのはどうしてだろう……そんなことを言っていた記憶もあります。

栗林さんと奥村さんが部屋で死んでいるとわかった時、寮はパニック状態に陥っていました。寮には女子しかいませんから、泣いたり喚いたり……一年生も二年生もほとんどが十代でしたから、それは普通の反応でしょう。

先生方がわたしたちを講堂に集め、冷静になるようにと説いたことで、ようやく落ち着きを取り戻しましたが、そこに千尋がいなかったのは、彼女が言った通りです。三十分ほど後になって、講堂に入ってきたんです。

千尋には早朝にジョギングする習慣があったのを知っていましたから、寮にいなかったのは不思議でも何でもありません。彼女は千尋が二人の死に関係していると暗に言うことで、わたしの疑心を煽るつもりがあったのでしょう。

わたしが話に乗らないと察したのか、すぐに止めましたが、今思えば彼女らしいやり口でした。

情報交換の電話は一週間ほど続きましたが、次第に推測や憶測の方が多くなっていました。その頃にはテレビも新聞もほとんど事件のことを取り上げなくなっていたので、〝〇〇らしいよ〟〝△△みたい〟〝××って聞いた〟というような、尾鰭のついた話を多くの生徒がするようになっていたんです。

無理心中だったみたい、と電話をかけてきたのは中川(なかがわ)さんという生徒でした。お父さんが警察官で、新宿区の警察署に勤務していると聞いていましたが、会議でそんな話が出たんだって、と堰を切ったように話し始めたんです。

奥村さんが栗林さんに……同性愛的な感情を抱いて、告白したけれど相手にされなかったために無理心中を図ったと中川さんが早口で説明し、生徒たちの中にも、そう証言する者がいたと言っていたのを覚えています。

そんなことあるはずない、とわたしは言いました。奥村さんが梅ノ木病院の若い研修医に好意を抱き、何かと理由をつけて話しかけていたのは、A組の生徒全員が知ってましたから、馬鹿馬鹿しくて笑う気にさえなれませんでした。

「だって、パパがそう言ってたんだよ!」

怒鳴った中川さんがいきなり電話を切りました。その後も同じ話を他の生徒から聞きましたが、休校期間の終わり頃になると、〝気をつけた方がいいよ〟という忠告めいた電話がかかってくるようになりました。

はっきりとは言いませんでしたが、わたしを嫌っている生徒がクラスに何人かいる……そういうことです。〝千尋が怒ってるよ〟と名前を教えてくれた生徒が、一人だけいました。

二学期に入ると、それまであったクラス内の小さなグループがどこもバラバラになっていたのは、前にも話しましたが、わたしと千尋もお互いを避けるようになっていたので、直接話すことはなくなっていました。

何を怒っているんだろうと聞くと、知らないけど日菜子の悪口を言ってた、という要領を得ない答えが返ってくるだけです。

どうなっているのかわからないまま、十月十五日の月曜日、授業が再開されることになったんです。

（渡会日菜子『祈り』）

堂本「そうです、二人の女生徒が寮の室内で練炭自殺をしたのは九月末でした。それまでも生徒の不審死が続いていたので、学校側もデリケートになっていて、確か二週間ほど休校にしたと思います。私は一年生、二年生、合わせて六クラスで週二回ずつ体育の授業を受け持っていました。休校明けの初日、午前中に二年生のクラス、そして午後に一年A組の生徒をグラウンドに集めて、ドッジボールの試合をさせたのを覚えています。他のクラスも同じでしたが、二人の女子生徒の自殺のために生徒たちが落ち込んでいるようだったので、ゲーム

形式の競技の方が気が紛れると考えたんです」
——わかります
堂本「青美は看護専門学校ですから、体育の授業は半分遊びみたいなものでした。ただ、看護師にはある程度の体力が必要ですし、十八歳、十九歳ぐらいですと、適度な運動はストレス解消にもなります。ですから、ドッジボールとかバレーボール、ソフトテニスのような球技をメインに教えていました。でも、あの日……一年A組の生徒が集まった時、雰囲気がおかしいとすぐに感じました」
——雰囲気がおかしいというのは？
堂本「公式ルールでは一チーム十二人なんですけど、ひとクラス四十人だったので、十人のチームを四つ作っていました。一学期の最初の頃は私が適当に分けていたんですけど、六月の頭に、自分たちでチームを決めたいと生徒たちの方から申し入れがありました。気の合う仲間と組みたいと思うのは当然ですし、そこは自主性に任せていたんです」
——はい
堂本「あの日、ドッジボールをしましょうと私が言っても、誰も動こうとしませんでした。雰囲気がおかしいというより、もっと強く不穏だと感じるほどで、結局、私がメンバーを決めて試合をさせたんですけど、全然形にならないんです。やる気がまったくない子もいましたし、ボールを敵チームのメンバーの顔に思いきり投げ付けるような子も……午前中の二年生のクラスで、そんなことはありませんでした。後で私なりに考えてみたんですが、同じクラスの生徒が自殺したことで、ストレスや苛立ちを感じていたのでしょう。そこを思いやることができないまま、安易に楽しくドッジボールをしましょうと言ってしまった……それどころじゃない、と生徒たちは怒っていたのだと思いました。教師として未熟だと反省したのを覚えてます」

――そうでしょうか？　堂本先生の考えは間違っていないと思いますが……

堂本「いえ、間違っていました。A組の生徒たちが怒っていたのは、私ではなかったんです。あの子たちにはお互いへの信頼がありませんでした。むしろ、敵視していたと言った方が正しいかもしれません。それに気づかなかったのは、私の責任です」

（山倉尚人『消えた看護学校』）

十月十五日から授業を再開する、と青美の学生課から連絡があったのは、その三日前でした。十四日中に寮へ戻った方が楽だとわかっていましたが、どうしてもその気になれないまま、当日の朝、江戸川区の実家から青美へ向かいました。はっきり言えば、行きたくなかっ

たんです。

他の生徒も、ほとんどがわたしと同じように家から直接青美に登校していました。寮監の倉重さんに聞くと、前日に寮に戻ってきたのは全学で五十人ほど、A組について言えば四人だけだったそうです。

「あの二人が寮の部屋で自殺したんだから、気味が悪いよね。人がいない寮に戻りたくないのはわかるよ」

同情するように倉重さんが話していたので、わたしもうなずくしかありませんでしたが、本心は違いました。怖いとか、気味が悪いとか、そんなことではなくて、青美そのものが嫌になっていたんです。

ホームルームで担任の秋山先生が、栗林さんと奥村さんの死が自殺だと警察が正式に認めたことを伝え、二人の死を悲しんだり、落ち込むのは仕方ないけれど、気持ちを切り替えて青美での日々を充実させてほしい、と話しました。

誰もが無言でした。二人の死を悼み、悲しみ、何も言えずにいると秋山先生は思ったようですが、そうではありません。ただ話したくなかったんです。

ホームルームが終わると、彼女が秋山先生を追いかけるようにして教室を出ていきましたが、すぐに戻ってきました。不満そうな表情を浮かべていましたが、他の生徒は自分の席から動こうともしなかったんです。

その時も、そしてそれ以降も、どうしても必要な場合を除けば、A組に会話はありませんでした。

お互いを見る目が不信感……いえ、敵意に満ちていたのは、誰も信用できないという思いがあったためです。敵意ですらなく、怯えだったのかもしれません。

四月に青美に入校してから約半年で、六人の生徒が亡くなっています。警察の捜査の結果、事故、殺人、自殺、心中という結論が出ていました。いずれも不審な点はない、という意味です。

でも、たった半年で六人の生徒が死ぬのは、はっきりと異常ですし、常識では考えられません。警察も学校も、偶然に過ぎないと説明していましたが、信じる者は一人もいませんでした。誰のことも信じられなくなり、怯えていたのはそのためだったんです。

わたしたちは十八歳、もしくは十九歳で、あの年齢の女子は感受性が豊かです。六人の死は不幸な偶然が続いただけだと何度言われても、そうではなくて何かの意思が働いているのを感じ取っていました。そして、その正体がわからないことが、怯えを増幅させていたんです。

十月末まで、そんな状態が続いていました。A組の生徒は食堂に顔を出すことさえなくなり、授業や実習が終わると寮の部屋に直行し、コンビニで適当に買ってきたものを食べながら一人で過ごす……そんな感じです。

他の看護専門学校へ転校しよう、と考えたのはその頃でした。ここにいたら、何があるかわからない……嫌な予感しかしなかったんです。

休日に家に帰り、母に相談すると、母にも不安があったのでしょう。別の看護学校へ行くことに賛成してくれましたが、いくつかの専門学校に問い合わせると、時季外れのためすぐに転校を了解はできない、という回答がありました。

現実を考えると、来年の三月終わりまで青美で学び、四月から転校するしかない、というのがわたしたちの結論でした。

十一月に入った最初の月曜……確か十一月五日だったと思いますが、この日は実習がありませんでした。六限目の授業が終われば、その後は寮に帰るだけです。

終業のチャイムが鳴ると、突然彼女が手をまっすぐ上げました。どうした升元、と秋山先生が視線を向けると、少しだけいいですか、と彼女が言いました。

誰もが、教科書やノートを片付ける手を止め、どうしたんだろう、というように彼女を見ていたのを覚えています。

何かあったのか、と秋山先生が言いましたが、それを無視して立ち上がった彼女が黒板の前に立ちました。

　気圧されたように秋山先生が教壇から下がり、壁に背中をつけて腕を組むと、彼女が口を開いたんです。

「みんなの気持ちは痛いほどわかっているつもり。栗林さんと奥村さんの心中、加奈子の自殺……一学期には桜庭さんの事故や二年生の男子生徒の事件もあった。誰の責任でもないけれど、誰にとっても嫌なことばかり続いて、気分が塞いでいるはず。それはリカも同じで、だから何もできなかった」

　教室の空気が、ぴんと張り詰めていました。彼女の声は独特で、少し低く、どこか湿った感じがして、女性らしい落ち着いた話し方をします。

　一人称が〝リカ〟だったので、そこだけは子供っぽかったのですが、ずっと聞いていたい、と思えるような声です。

　後悔している、と彼女が言いました。涙が頬を伝い、肩を震わせていましたが、それでも顔を上げて、気丈にふるまおうとしているのがわかりました。

「桜庭さんや二年の男子はともかく、加奈子、そして栗林さんと奥村さんの自殺は止めることができたかもしれない。もっと心を開いて、話をするべきだった。三人が悩み、苦しんでいたことに、どうして気づかなかったんだろう……あの三人に謝りたい。そして桜庭さんたち六人が安らかに眠っていると信じたい」

升元の言う通りだな、と腕を解いた秋山先生がうなずきましたが、黙っててもらえますかと彼女が言うと、そのまま口を閉じました。以前は秋山先生のことを慕っていたはずですが、その声には憎しみが宿っていたように思います。

「でも、今のままでは難しいとリカは思ってる。周りを見て。最近、誰かと話した？　お茶を飲んだ？　外出はした？　遊びに行った？　何もしていないでしょう？　それがA組の現実で、誰の心にも不快な記憶しかない。お互いがお互いを避け、すべてを忘れようとしている。心が離れてしまった三十六人が形だけ冥福を祈っても、あの六人は喜ばない。リカは六人の死を無駄にしたくない。もう二学期が終わるまで、二カ月もない。年が明ければ三学期、四月には二年生になって、その一年後に卒業する。看護婦としての心を持たないまま、資格だけ取っても無意味よ。あの六人が最後のチャンスをくれた……リカはそう思ってる」

どういう意味、と数人が囁きを交わすと、看護婦として一番大事なものを取り戻すためのチャンス、と彼女が視線を左右に向けました。

「A組がひとつにまとまり、お互いを信頼し合い、助け合い、励まし合い、優しさと思いやりを併せ持つ看護婦になってほしい、とあの六人は思っている。願っていると言ってもいい。だけど……これ以上何を言っても無駄かもしれない。リカが何を言ってるのか、わからない人もいるはず。責めるつもりなんてない。考え方はそれぞれ違う。ただ、あの六人の死を悼んでいる人は、教室に残ってリカと一緒に祈りを……ごめんなさい、余計な話だったかもしれない。もう終わりに――」

あたしも祈る、と数人が立ち上がりました。わたしの前の席に座っていた海藤さんが、涙を溢れさせながら、ごめんなさいと叫んだのはその時です。

「あたしも、他のみんなも、リカと同じ。加奈子や栗ちゃん、奥村さんのことを後悔しているし、反省してる。でも、どうしていいのかわからなかった。あの子たちのために何をすればいいのか、考えることさえできなかった。声を上げられない自分がもどかしかったの」

リカの言う通りだと思う、と何人かの生徒が大きくうなずきました。大原さんという子が前に出て、彼女の横に並び、いろんなことがあり過ぎたと泣きながら言ったんです。

「あたしたちは看護婦……ううん、人として一番大事なものを忘れかけていた。あの六人がそれを思い出すチャンスをくれた。リカは正しい。本当にそうだよね。だけど……今のA組ではどうにもならない。お願い、みんなの心をひとつにして。それができるのはリカしかいない」

リカには無理、と彼女が首を小さく振りました。

「今だって、勇気を振り絞って話している。目立つようなことはしたくない。そんな性格じゃないのは、みんなも知ってるでしょう? クラスをまとめて引っ張っていくのは——」

「リカ!」

「リカ!」

「リカ!」

「リカ!」

「リカ!」

誰もが口を揃え、叫び、手を振り上げていました。まるでロックコンサートのようで、その声はどんどん大きくなり、気づくと隣の生徒と手を繋ぎ、全員が教壇に殺到していたんです。

わたしもその一人でした。誰もが興奮し、トランス状態に陥っているとわかったので、その輪に入る方がいいと思ったんです。

あの時、あの場で醒めていたのは、彼女とわたしだけだったかもしれません。他の生徒たちが窓ガラスを割りそうな大声で叫び、わたしも両手を振り上げていました。

彼女が狙っていたのはこれだったんだ、とわかったのはあの時です。

彼女の言葉に内容はなく、空虚と言ってもいいぐらいでした。インチキな啓発セミナーの講師のような、薄っぺらい無意味な言葉の羅列に過ぎません。

でも、あの時は……クラスの全員が泣いていました。ゴメンね、ゴメンねと隣の子と抱き合ったり、手を繋いだり……秋山先生も涙ぐんでいたほどです。

誰もが心のどこかで加奈子や栗林さん、奥村さんの死に責任を感じていたんです。その罪悪感がわたしたちを苦しめていました。会話さえしなくなったのは、話せば自分の責任と向き合わなければならないとわかっていたからです。

彼女がずっと待っていたのは、全員の心が弱り、救いを求める瞬間でした。ベストなタイミングでそれらしいことを言えば、誰もが彼女に同調します。

A組全員の感情をコントロールし、クラスを支配する。何もかもが彼女の計算通りになっていたんです。

夏休みの間、毎日のように彼女が電話をかけてきた話をしたのは覚えていますか？　あれは予行演習だったんです。

確かめたわけではありませんが、あの夏、クラス全員に彼女は電話をかけ続けていた、とわたしは思っています。自分の支配力がどこまで及ぶか、試すつもりがあったのでしょう。

陰口を吹き込み、親しくしていた小さなグループの心を引き離す……それは予行演習ですらなかったのかもしれません。

彼女は他人の心をコントロールすることに、異常な悦びを感じ、興奮し、楽しんでいた……そうだったのではないでしょうか。

二学期に入り、すべてのグループがバラバラになったのを確認し、栗林さんと奥村さんが心中すると、今度はさまざまな噂や嘘の情報を流して、お互いを敵視するところまで追い込んだ。それも彼女の計画だったんです。

どん底まで落ちたわたしたちを……あえて言いますが、洗脳するのは簡単だったでしょう。心の弱みに付け込み、支配する……それが彼女の真の狙いだったんです。

みんなで彼女を取り囲み、教室を出てオレンジルームに向かいました。夕食も取らず、そこで何時間も話しました。

誰もが心から六人に謝罪し、一からやり直すと誓い、これからはもっと努力する、期待に応えたい、クラスのみんなとも親しくなりたい、自分をさらけだすから、ありのままの自分をわかってほしい……みんな、泣いていました。

でも、わたしは……どうしても泣くことができませんでした。もし、わたしの想像がすべて当たっているとすれば、彼女の狙い……計画と呼ぶべきかもしれませんが、それには、ある条件が必要だったことになります。

それはクラスメイトの死です。誰も死ななければ、罪の意識を抱くことはあり得ません。

違う言い方をすれば、彼女の計画を完成させるために、生徒が自殺しなければならなかったんです。それは誰にも予想できないことでしょう。意図的に自殺に追い込むか、あるいは自殺を偽装する以外、条件は満たされないんです。

いずれ、何かが起きる。その時、すべてのバランスが崩壊する。そして、それは明日にでも起こり得る。

予感ではありません。確信していたんです。

（渡会日菜子『祈り』）

青美看護専門学校で、生徒の不審死が続いていたのは前章で述べた通りだが、十一月に入ると再び事件が起きた。青美と提携していた梅ノ木病院で、一人の老人が医療事故によって死亡したのだ。

ここでもまたRの名前が浮かんでくる。奇妙な符合としか言いようがないが、以下、医療事故とその前後について詳細に触れていく。

まず時系列だが、九月三日の月曜、青美では二学期が始まっていた。その週から梅ノ木病院において、生徒たちは実習と呼ばれる授業を週三回受けることになった。

Rの優秀さは多くの医師、看護師が認めている。指示への理解力は抜きん出て高く、補助も完璧にこなしたという。前章にも記したが、現役の看護師より技術的には上だったと評する者もいた。

Rが青美で学んだのは、この時点で約四カ月という短い期間に過ぎない。にもかかわらず、二年生より評価は高かった。

特にリハビリ室では、ナイチンゲールの生まれ変わりと呼ばれるほどだったという。時間の許す限り高齢者の世話をし、話し相手を務める献身的な姿は、看護学生の鑑だと校長から表彰されたこともあった。

唯一、Rが苦手にしていたのは、集中治療室における介助だった。梅ノ木病院ではステージ4のガン患者等が集中治療室に入り、そこで最期を迎える者も少なくなかった。ほとんどが老人だが、かわいそうで見ていられない、と泣いて介助を拒否したこともあったようだ。

梅ノ木病院で働いていた看護師たちも、集中治療室のことを〝デスルーム〟と陰で呼んでいたが、いわゆるスパゲッティ（患者の体に何十本ものチューブを繋ぎ、そこから水分、栄養素、薬剤等を体内に入れることで延命治療を行なう様子がスパゲッティに似ていることから、そう呼ばれていた）の世話、介助は誰にとっても精神的な負担が大きい。

ほとんどの場合、集中治療室に入院している患者は数日ないし一週間ほどで亡くなるが、人工呼吸器、人工心肺等の医療機器によって、長期にわたり〝生かされ続けて〟いる者もいた。十年以上、入院が続いたケースもある。

治癒、あるいは回復の見込みがない患者を医療機器の力で生かしておくことが正しいのか、間違っているのか、安楽死、尊厳死について論じることが、本稿の目的ではない。特記しておきたいのは、Rがそういう患者に対し、強い同情を寄せていたことだ。

実習の翌週にはレポートの提出が義務づけられていたが、尊厳死についてRが二回レポートを書いたことがわかっている。

治癒する可能性がない患者への延命治療は本人、そして家族にとって大きな負担となるというのがその要旨だったが、十月下旬に同様の内容のレポートを再度提出した際、教頭から強く叱責され、その後は尊厳死について触れなくなったという。

集中治療室の患者Z氏（仮名・八十六歳）が亡くなったのは、十一月二十九日未明だった。人工呼吸器が口から外れた状態で発見され、医師が蘇生措置を試みたが、午前六時半、死亡が確認されている。

以前にも、Z氏は同様の事故を起こしたことがあった。末期の肺ガン患者で、人工呼吸器がないと酸素を体内に取り込めないのだが、意識はあり、苦痛のため自分で外してしまったようだ。この時は看護師が近くにいたため、人工呼吸器をつけ直し、事なきを得ている。

だが、二度目の事故は看護師の深夜巡回後に起きていた。梅ノ木病院では夜十一時、深夜三時に巡回があったが、死亡時刻は四時前後と推定されている。

無意識のうちに、人工呼吸器のマスクを外したことによる不運な事故、と病院内の調査委員会は結論を出している。どの病院でも同様の事例は散見される。

これに異を唱えたのは病院内の管理部門で、人工呼吸器その他生命維持装置が故障した場合、ナースステーションのブザーが鳴り、看護師が駆けつけることになっていたが、なぜブザーの音を誰も聞いていなかったのか、というのがその指摘だった。

調査の結果、ナースステーションのブザーがオフになっていたことが明らかになった。意図的にスイッチを切った者がいたとすれば、事故ではなく殺人の可能性も考えられる。十二月一日、梅ノ木病院は院長名で警察に通報し、同日、Z氏の遺族にも状況を伝えている。

すぐに警察が捜査を始めたが、生命維持装置ではなく、梅ノ木病院の看護師がナースステーションのブザーを誤作動させた可能性が高いことがわかった。過去十年の間に、同様の事故が数回起きていたことを梅ノ木病院も早い段階で認めている。

病院側が遺族に謝罪し、示談金を支払ったため、遺族は医療過誤裁判を起こさなかった。また、マスコミも詳しい報道をしていない。

梅ノ木病院は再発防止を厳重に命じ、システム改善のため、新しい機材を導入している。それでこの件は終わったはずだった。

だが、十二月十五日、梅ノ木病院に匿名の電話があり、Rが故意に人工呼吸器を外したとだけ言って、すぐに通話を切った。通報したのが女性だったことは確かだが、年齢も不明で、今も身元は特定できていない。

真偽が不明だったため、梅ノ木病院は青美看護学校にこの事実を伝え、事実確認を要請した。通報者が青美の生徒と考えられたため、事実関係の確認は青美がするべきだとしたのは釘下院長自身だった。

翌十六日、池谷教頭がRと面談し、説明を求めた。前述したように、Rは尊厳死についてレポートを書いていたため、池谷教頭の中にも疑念があったのだろう。

その場でRは否定した、と後に池谷教頭が梅ノ木病院に報告書を提出している。Z氏が死亡したのは十一月二十九日未明四時前後だったとされるが、この時間Rが寮の自室にいたことは確かだった。

九月末に二名の女子生徒が練炭自殺したことで、寮の管理が厳しくなり、寮のエントランスに防犯カメラが置かれるようになっていた。カメラにRが映っていなかったため、寮を出ていないのは確実と言っていい。

Rはこの事実を主張し、池谷教頭も認めた。梅ノ木病院への報告書にも、電話は悪戯だったという記載がある。

それでも、RがZ氏の死に関与している、具体的にはZ氏の人工呼吸器を外した、という噂が学内で囁かれ続けていた。その理由については、次章で考察していく。

（溝川耕次郎『彼女を殺したのは誰か？』）

nurse 5
ネックレス

梅ノ木病院に入院されていた小堺さん……八十代半ばぐらいだったと思いますが、その方が亡くなられたとホームルームで秋山先生が話したのは十一月末でした。

小堺さんが末期の肺ガンを患っているのは知ってましたし、わたしも何度か集中治療室で介助したことがありますが、腕も足も枯れ木のように痩せ細っていて、ほとんど動けない状態だったんです。数人の生徒がかわいそうだねと囁いていましたが、特に驚きがあったわけではありません。

年明けまで保つかどうか、と看護婦さんたちが話していましたから、少し早かった、ぐらいの想いが浮かんだだけでした。冷たい言い方に聞こえるかもしれませんが、病院では月に何人かが亡くなっていましたから、その頃にはわたしたちも死に慣れていたんです。

小堺さんは人工呼吸器をつけていたので、言葉を交わしたのも一度か二度、それぐらいでした。同情というと安っぽくなりますが、それ以上の感情はなかったんです。

でも、それから二週間ほど経った頃、池谷教頭が彼女を呼び出し、数時間話した……もっとはっきり言うと、何らかの形で小堺さんの死に関与していたのではないかと追及した、という噂がクラス中に流れました。A組だけではなく、一、二年生全クラスです。

噂の出所はわかりません。ただ、A組の誰かだったのは確かです。

あの頃、A組は桜庭さん、加奈子、栗林さんと奥村さんが亡くなってたので、四十人のクラスが三十六人になっていましたが、池谷教頭が教室へ来て、彼女を職員室に連れていくのを見たのは、彼女を除いた三十五人だけです。他のクラスの生徒とは思えません。

三十五人は大人数と言えません。誰がそんな噂を広めたのか、大体の見当はつくものです。でも、あの時は本当に誰が、どういう形で噂を広めていったのか、わからなかったんです。

十二月の半ばまで、わたしたちはそれまでと何ら変わらない日々を送っていました。池谷教頭が彼女を職員室に呼んだ時も、特に変わった様子はなかったんです。

何のために呼び出したのか、それすらわかりませんでした。彼女は学年トップの成績だったので、表彰でもされるんだろう……それぐらいに思っていたんです。

それなのに、突然あんな噂が流れて、誰が言い出したのかもわからない……生徒たちの間で憶測が飛び交い、混乱が広がっていきました。ある意味でA組は彼女のクラスになっていましたから、泣いていた子もいたほどです。

小堺さんの死因が肺ガンによるものではなく、人工呼吸器が外れたために亡くなったと梅ノ木病院の看護婦さんから聞いたのは、そのすぐ後でした。

事故だったのよと言ってましたが、誰かが故意に人工呼吸器を外したのかもしれないと考えているのが、声音でわかりました。

整理すると、小堺さんが亡くなられたのは人工呼吸器が外れたためで、誰かが故意に外した可能性があり、その誰かが彼女だったという疑惑が上がり、池谷教頭が本人に事情を聞くことになった……流れとしてはそうなります。

集中治療室の患者さんたちに対し、彼女が深く同情していたこと、更に言えば治癒する見込みがない患者さんを生かしておくことに意味はないし、それどころか本人の苦痛、家族や病院の負担を考えると、延命治療は止めるべきだ、と言っていたのは本当です。

尊厳死についてレポートを提出したことが問題視され、池谷教頭から口頭で注意を受けた話も聞いたことがあります。

でも、だから彼女が小堺さんを殺した……そんなことを考える生徒は一人もいませんでした。何のメリットもないのは、わかりきった話です。

それもあって、A組の生徒はもちろん、学内の全生徒が彼女に同情していました。延命治療は不要なのではないか、とレポートを書いただけで疑われるのは一方的過ぎますし、現実にも延命治療を拒否する患者さんがいるんです。

それに、彼女のレポートの内容は、すべての延命治療を中止するべきだというのではなく、患者の状態によって考慮してもいいのではないか、というレベルに過ぎなかったと聞いていました。

ある種の問題提起で、それさえ許されないというのであれば、レポート提出の意味などないでしょう。

栗林さんと奥村さんの心中事件の後、バラバラになっていたクラスをまとめたのは彼女です。誰よりも熱心に実習に取り組んでいた彼女がそんなことをするはずない、誰もがそう思っていたはずです。

わたし自身もそうでした。彼女が小堺さんの死に関与しているとは、考えていなかったんです。

あの時点で彼女に不穏な何かを感じていたのは、わたしだけだったでしょう。それは確信でもありました。触れてはならないものがすぐそばにいる、とわかっていたんです。

でも、小堺さんの余命が長くないのは誰もが知っていましたし、いつ亡くなってもおかしくありませんでした。そんな患者さんの死期を早めても、意味はないでしょう。

小堺さんを嫌っていた、不快に思っていた、それもあり得ません。ほとんど寝たきりの状態でしたから、介助の時間が長引くことこそありましたが、それは他の集中治療室の患者さんも同じです。小堺さんだけを殺す理由はないんです。

そして、彼女にはアリバイがありました。小堺さんが亡くなられたのは早朝四時頃だったそうですが、栗林さんと奥村さんの心中があったために寮の管理が厳しくなり、エントランスに防犯カメラが置かれるようになっていました。

夜中に寮を抜け出し、梅ノ木病院へ行ったとすれば、エントランスのカメラに映っているはずですが、そんな映像は残っていなかったんです。

池谷教頭に事情を聞かれた際、彼女はその話をしたそうです。寮にいたまま、小堺さんの人工呼吸器を外せるはずもありませんし、それは池谷教頭も理解していました。ですから、単純に事情を確認していただけなんだろう、とわたしたちは思っていたんです。

でも……おそらく池谷教頭の中には、彼女に対する何らかの疑いがあったのでしょう。青美での長い経験から、わたしと同じように彼女には不審な何かがある、と直感していたのだと思います。そうでなければ、数時間も事情を聞くというのは不自然です。

ただ、小堺さんの死に彼女は関与していない、と一週間ほど後に池谷教頭が梅ノ木病院に報告したのは確かです。疑いが晴れたことで、その後は彼女と小堺さんの死について、誰も触れなくなりました。期末試験直前だったこと、クリスマスや冬休みが近づいていたこともあったのかもしれません。

今でも思います。あの時、誰があの噂を流したのか、もっと詳しく調べるべきだったんです。今となっては、どうにもなりませんが……。

（渡会日菜子『祈り』）

——伊達（だて）さんは一昨年警視庁を定年退職されていますが、一九九〇年に青美看護専門学校の寮で二人の女子生徒が練炭自殺を図った時、そして翌年五月、青美の講堂で火災が起きた時、どちらの現場にも入ったのは伊達さんだけだったと聞いています

伊達仁政（ひとまさ）（元警視庁捜査一課火災調査官・以下伊達）「……いきなり嫌な話をするね。これ

だからマスコミの連中とか週刊誌っていうのは……いや、別にいいけどさ。隠すようなことでもないしね。そうか、もう十四年も経つのか……二人の女の子が自殺した時、自分は一課の四係にいたんだ。あの件は不審死扱いされたから、帳場も立ったんじゃなかったか？　いや、そこまではしていないか。でも、かなり詳しく調べたのは確かだよ」

――その後、七係、つまり火災犯担当の部署に異動されたと伺ってますが
伊達「欠員が出て、急遽行けって話になった。都合よく動かされたところはあるね。伝わるかどうかわからんけど、同じ一課でも七係は他と違うんだよ。四係はあれだよ、よく刑事ドラマに出てくるだろ？　コロシだタタキだ、要するに殺人や強盗事件の捜査が主だけど、七係は火災犯担当だから、やることが全然違う。異動してひと月ほど経った頃、青美の講堂火災が起きてさ、あの時は大変だったね。あれだけホトケが出た現場だから、大騒ぎになってたよ。おまけに主任の押部さんが出張中だったから、人手が足りなくて……まあ、酷かったよ」

――その時、現場で指揮を執っていたのは七係長の矢倉さんですか？

伊達「詳しいねえ……どうやって調べるの？　まあいいか、あの時は矢倉係長も臨場したし、火災原因の調査を指揮していたのもあの人だったね」

――その火災の原因なんですが……

伊達「結論から言えば、失火だよ。あの時は百人、いや百二十人だったかな？　二年生全員……いや違う、一人だけ助かったのか。だけど、あの子もかわいそうだったよなあ。講堂から逃げたところまでは良かったけど、意識不明のままだったんだろ？　あの時講堂にいた生徒や教職員は全員死んでたから、出火時の目撃者がいなくて難儀したよ。結局、卒業生に事情を聞いたりして、失火と結論を下したんだけどさ」

――事情というのは？

伊達「あの学校では、毎年五月に戴帽式っていう儀式が行なわれることになってた。生徒がナースキャップを被って、立派な看護婦になりますって誓う儀式だって、誰かに聞いたな。生徒全員がロウソクを手に持って、ナイチンゲール誓詞を唱えると卒業生が話していたが、危ないと思ってたとも言ってたね。ロウソクの火がカーテンに燃え移ったら、火事になるんじゃないかって……当時のカーテンは可燃性の繊維を使ったものも多かったし、起こるべくして起こった火災ってことかもしれんな」

――講堂火災の約一年後、青美は廃校となり、その後跡地にマンションが建てられたため、講堂内部の再現は、卒業生の記憶だけが頼りでした。外観の写真は残っていますが、校則で講堂内での撮影が禁止されていたそうですね。九〇年代の頭ですから、今のように携帯電話で簡単に撮影できなかったということもあるんでしょうけど伊達「警察としても、講堂内は確認しておきたかった。火災の原因ともかかわってくるからね。だけど、講堂は神聖な場所なので、撮影は禁じていたとか、そんなふうに教師たちが話してたよ。ただ、あそこは以前病院だったから、設計図は残ってたんだ。大勢の卒業生に聞き取り調査をして、九割方再現できたんじゃなかったかな。そっちが何を調べてるのか知らんけど、我々が現着した時には講堂全体が燃え上がっていて、中に入るなんてとてもできなかった」

――九割方再現できたということですが、どんな造りだったんですか？

伊達「昔のことだから、詳しく覚えちゃいないけど、広いのは広かったな。八十坪と聞いた覚えがある。天井が高くて、五メートルはあったな。一階建てで、天井裏に物置っていうか、一メートルぐらいの高さのスペースがあったらしいが、使っていなかったと教師たちは話してたよ。ドアは正面にひとつあるだけで、左右の壁にはステンドグラスの窓がいくつもあったそうだ。うん、教会みたいな感じだよ。初代校長がクリスチャンだったとか、そんな話を聞いた気もするな。それも関係してたんじゃないの？　他は普通だよ。あんたも高校ぐらい出てるんだろ？　長椅子が何十本か並んでいて、正面に一段高い壇があってさ、入学式とか卒業式とかの時、そこでお偉いさんが喋ったりするんだよ。そうそう、壇の奥に来賓用だか教員用だか、控室があると誰かが言ってたな。そうだ、思い出したよ。そこにストーブ用の灯油を保管していたんで、火勢が激しくなったんじゃないかって、消防の連中が言ってたな」

——寮で二人の女子生徒が練炭自殺をしたのが前年の九月末、約八カ月後に講堂が全焼したわけですが、関連性があるとは考えませんでしたか？

伊達「それはねえ……絶対とは言わないけど、単なる偶然だと思うよ。二つの事件を結び付けて考えるのは、ちょっと無理があるんじゃないか？　八カ月経ってたんだよ？」

——では、もうひとつ質問させてください。当時中央東陽署にいた菅原という刑事が、火災発生の第一報を受けて、現場に向かったのは知ってますか？　青美に到着した時には、伊達さんがおっしゃっていたように、火勢が激しかったそうです。いろいろ調べてみましたが、菅原刑事の方が消防より先に現場に着いていたようです

伊達「一、二分の違いだと思うね。あれだけの死者が出たんだから、本庁もかなり詳しく調べたよ。その刑事のことは、うっすら覚えてる。捜査会議で、報告以外に意見を言ったとか、そんな話を聞いたな。自分は現場検証があったからその場にいなかったけど、所轄のくせによくそんなことができたなと思ったよ」

——失火ではなく放火だと菅原刑事が意見を上げたのは、中央東陽署のＯＢから聞きました。同じ刑事係にいた同僚にも、計画的な放火殺人の可能性があると話していたそうです。カー

テンにロウソクの火が燃え移ったとすれば、生徒たちが気づかないはずがない、それなのに外へ逃げ出そうとしなかったのはおかしい、と主張していたのは確かです
伊達「それは他の刑事からも疑問が出ていたよ。さっきも言ったが、あの講堂には大きな扉がひとつあるだけだった。それでも、近くにいた生徒は逃げ出すことができたんじゃないかってね。だけどさ、我々七係の刑事に言わせれば、よくある話なんだよ。餅は餅屋で、こっちは火災調査のプロだから過去の事例にも詳しい。自分は異動したばかりだったけど、上の連中からいろいろ教えてもらって、合点がいったよ」

――火災が起きたのに、誰も逃げなかった……そんなことがよくあると？

伊達「よく、とは言ってないよ。ただ、稀ってわけでもないんだ。要するに、集団パニックだね。十年ほど前だったかな、新宿のライブハウスで火災が発生して、三十数人が死亡した事件があった。この店は地下にあったから、出入り口が一カ所しかなかったんだ。百人入れば満員になるぐらいの狭い箱で、バンドが演奏している間はドアを施錠しない決まりがあってさ、煙草の不始末だったかな？　とにかく火災が起き、気づいた客は我先にと逃げようとした。ところが、鍵がかかっていないドアが開かず、そのまま全員が死亡しちまった。理由がわかるかい？」

――いえ

伊達「そのドアは外から押せば開き、中からは引いて開ける造りでさ。引けば簡単に開くし、逃げるのも簡単だっただろう。だけど、誰もがパニックに陥っていたんで、中から押し開けようとしたってわけ。いくら押したって、開くはずがない。そういう造りだったんだからね。客はドアを押し開けて入ってる。わかっていたはずだが、誰ひとりそんなこと考えられなくなっていた。力ずくでドアを押し、叩き、開けろと叫んだだろうが、無理なものは無理なんだ。そうやって、三十数人の客は死んでいった。似たような例はいくらでもある。青美の講堂でも同じことが起きたんだろうって、上の連中は話してたよ」

――パニックに陥って正常な思考ができなくなった。そうですね？ おっしゃっていることはわかりますが、講堂の扉は開いたはずなんです

伊達「話を聞いてなかったのか？ パニックが起きれば、普通では考えられないことも――」

――ライブハウスと逆で、青美の講堂の扉は、外から引き、中から押せば開くようになっていました。講堂内で火災が起き、生徒たちがパニックに陥ったのは、容易に想像がつきます。逃げるため、扉に殺到したでしょう。ですが、扉は押せば開いたんです。どれだけ酷いパニックに陥っていたとしても、思考能力を失っていても、扉を押したはずです。開かなかった理由に心当たりはありませんか？

伊達「……火災の熱で扉の枠が歪んだとか、そういうことだったんじゃないか？　確か扉は木製だったが、上下の枠は鉄製だろう。数センチ歪んだだけでも、動かなくなることはあると思うね」

――菅原刑事の報告書には、講堂の扉に閂（かんぬき）の金具があったと記されています。青美の教職員によると、通常の施錠以外に、夏休み、冬休みなどの長期休暇の際には、不審者が講堂内に入るのを防ぐため、金具に長い木製の棒を通し、扉を閉めるようにしていたそうです。金具については青美が東陽町に移転した際、講堂の移築を請け負った工務店の証言もあります。外部から木製の棒を金具に通し、扉の開閉をできないようにした誰かがいたのではないか、と菅原刑事は中央東陽署内の会議で意見を上げたそうですが

伊達「それは所轄の会議で、こっちには関係ない。そこまで細かいことは覚えてないよ。仮にその刑事の意見が正しかったとしても、証明はできなかったはずだ。講堂の火勢は非常に強かった。自分も現場にいたから、それはよくわかってる。講堂は全焼し、残っていたのは数本の鉄柱だけだった。後は何もかもが炭になってたんだ」

――木製の棒も燃え、炭化した。そういうことでしょうか？

伊達「我々火災調査官は、消火に加わらない。現場では消火が何よりも優先される。それはわかるだろ？」

――はい

伊達「消防の放水は勢いが強いから、多くの場合、現場の形状そのものを変えてしまう。我々としては、失火か放火か、他の原因によるものか、そこを調べなきゃならんのだけど、放水によって証拠が文字通り水で流れちまうケースは、あんたらが思ってるより多いんだ。もし外部から木の棒で扉を閉ざしていたとしても、扉も木製だったから、炭になった上に水で流されたら、見分けなんかつかないよ。どんな火災現場でも起こり得ることで、それはやむを得ない」

――確かにそうです

伊達「むしろ、所轄の刑事がそんな意見を上げたことがわからんね。いくら所轄内の会議といっても、憶測で意見を上げるのはまずいだろう。もちろん、さまざまな角度から事実を検証する必要があるから、こういう考え方はできないか、と発言することはあるよ。でも、所轄の刑事がそこまで踏み込んだことを言うのは……何か根拠はあったの？　本人に聞いてみた？」

――根拠については不明です。確認はできません

伊達「できないって……」

――菅原刑事は精神を病み、長期の入院生活が続いています。意思疎通そのものができない

んです

伊達「菅原って……あ、あの菅原か？」

（山倉尚人『消えた看護学校』）

――――――

あの年は十二月の第四週の月曜から期末テストが始まりました。そうです、十二月十七日です。

その週の金曜、二十一日までテストがあって、翌日から休みが三日続きましたが、青美ではクリスマスイブに生徒が講堂に集まり、牧師さんの話を聞く習慣がありました。初代校長がクリスチャンだったため、個人でクリスマス会を開いていたそうですが、いつの間にか恒例の行事になったと聞いています。

そして、このクリスマス会が二学期の終業式も兼ねていました。その辺りは専門学校ですから、他校と違っても構わなかったのでしょう。

午前十一時に生徒たちが講堂に集まり、招かれた牧師さんが三十分ほどお話をして、その後お菓子を食べたり、ジュースを飲んだり……最後に全員で賛美歌を歌い、校長が終業式の挨拶をすると、それで終わりです。十二時過ぎには解散していました。

冬休みはお正月と重なります。生徒全員が実家に帰る予定でしたし、それはわたしも同じです。

部屋で帰り支度を始めていると、隣の部屋から〝マヅルカ〟が聴こえてきました。夜七時には寮を閉じることになっていましたし、誰もが早く帰りたかったはずです。

家族でクリスマスを祝うのか、ボーイフレンドと過ごすのか、友達とホームパーティを開くのか……それは人によって違うと思いますが、寮に残る必要はないんです。

それなのに〝マヅルカ〟をずっと聴いている……ずいぶんのんびりしているな、と思いました。掃除をしたり、荷物をまとめている様子もなかったんです。

でも、何か理由があるのかもしれませんし、わたしとは関係ありません。特に気にすることもなく、ボストンバッグに身の回りの物を詰めて、校門に向かっていると、池谷教頭とすれ違ったんです。

池谷教頭はとても真面目で、はっきり言えば厳しい方でした。〝ガラ〟と呼ばれているほど痩せていて、生徒だけではなく、他の先生方も敬して遠ざけるというか、そんな雰囲気があったんです。

嫌われていたわけではありません。恐れられていた、というのが一番近いでしょうか。廊下で立ち話をしていても、ガラが来たとわかるとみんな散っていく……そんな感じです。

教師として、あるいは看護婦としてはとても優秀な方で、看護婦という仕事を誇りに思っていました。患者さんの前でわたしたちがちょっと冗談を言ったり、欠伸をしただけでもすぐに怒られましたし、場合によっては職員室に呼び出され、長時間叱責されることもありました。

二十歳前の女子が毎日修道女のように慎ましく過ごせるはずもないのですが、立派な看護婦になってほしいという強い思いがあったのでしょう。患者さんに尽くすことが池谷教頭の中では何よりも重要で、崇高な行ないだと考えていたはずで、周囲に厳しい態度で接していたのもそのためです。

心構えとしてそうあるべきだというのはわかりますが、正直に言えば、それがすべて正しいとは思っていませんでした。わたしたちは機械やロボットではありません。患者さんも人間です。

厳しい言葉で注意するより、ユーモアで和ませる方が、患者さんのためになることもあるはずだ、と多くの生徒は考えていたはずですが、何しろ相手は〝ガラ〟なので、めったなことは言えません。

〝ガラ〟と会ったら、頭を下げ、黙って通り過ぎる。そうするしかなかったんです。

「ああ、渡会さん」

いきなり呼びかけられて、ボストンバッグを持ったまま、その場に立ちつくしたことを、今もはっきり覚えています。池谷教頭の声はとても優しく、そんなふうに声をかけられたことはありませんでした。

「今日で二学期も終わりね」

池谷教頭の顔に笑みが浮かんでいました。いつも難しい顔をされている方ですから、どうしていいのかわからず、そうですね、としか言えないまま笑顔を作ろうとしましたが、うまくいきませんでした。

「これから帰るの？　渡会さんの実家は江戸川区だったわね？　近いけど、気をつけて帰りなさい。お母様の仕事はいつまで？」

全校生徒のデータを常に頭に入れている方でしたから、わたしの実家の場所や母の仕事について知っていたのは、不思議でも何でもありません。驚いたのは、声にわたしを気遣う想いが籠もっていたことです。

他者への気遣い、配慮は人一倍ある方です。それはわたしたちもわかっていました。ただ、その感情を表に出さないようにしていた……そういうところが池谷教頭にはあったんです。

だから、何を言われても怒られているようで、わたしたちが池谷教頭を厳しい先生だと思い、避けていた理由はそれです。他にはありません。

でも、この時の池谷教頭は違いました。一、二分立ち話をしただけですが、その間も笑みは濃くなっていく一方で、顔も上気していました。失礼だとわかっていましたが、何かあったんですか、と思わず聞いてしまったほどです。

「何もないわよ」

池谷教頭が首周りに手を当てて、照れたように笑いました。わかってもらえないと思いますが、そんなことをする人ではないんです。

いつもなら、別にありません、とぴしゃりと答えたでしょう。何もないわよというその声に、とても女性的な雰囲気がありました。

池谷教頭が首にネックレスをしていることに気づいたのは、その時です。青美ではイヤリング、ピアス、ペンダント、指輪、そういった装身具類は全面的に禁止されていましたし、それは先生方も同じでした。

看護婦が病院内でアクセサリー類を身につけることはありません。プライベートは別ですが、授業中、あるいは実習中は外します。その辺りは規則というより常識でしょう。

当然、池谷教頭もそのルールを守っていました。一学期、外すのを忘れていた生徒から、ティファニーのリングを没収したこともあるぐらいで、一体何があったのだろうと困惑したのを覚えています。

終業式が終わっていたので、生徒、そして教職員は冬休みに入っていたことになります。ですから、ネックレスをつけていても問題ないのですが、どうして池谷教頭が、と思うばかりでした。

でも、そのネックレスはどうしたんですか、とはさすがに聞けません。余計なことを言って叱られたら、クリスマス気分が台なしです。

失礼しますと頭を下げると、気をつけて帰りなさい、と池谷教頭が笑顔で手を振りました。訳がわからないまま、足早に校門を出るしかありませんでした。

わたしの実家の最寄り駅は、都営新宿線の船堀駅です。途中でバスの乗り換えがありますが、東陽町の駅からだと三十分ほどで家に帰ることができました。

お昼時だったので、ご飯を食べてから帰ろうと思い、東陽町駅近くにあったハンバーガーショップに入ると、そこに石山千尋がいました。千尋もランチを取ってから実家に帰るつもりだったのでしょう。

栗林さんと奥村さんの心中事件の後、彼女を中心にA組全体がまとまっていったのは、前に話した通りです。それまであったいくつかのグループは、それぞれ解散し、ひとつの大きなグループになっていました。

もちろん、その頂点にいたのは彼女です。誰かが決めたわけではなく、彼女自身もそんなことは言ってません。でも、クラスの女王は彼女だという暗黙の了解があったんです。

十二月の中旬には、彼女の発言や意見が絶対となり、誰もがそれを当然だと思うようになっていました。すべてにおいて彼女だけが正しく、他は間違っている。それがA組のルールになっていたんです。

信じられないと先生がおっしゃるのは、よくわかります。常識では考えられないことですが、でも本当なんです。

前に〝洗脳〟という言い方をしましたが、もっと……何というか、心の奥の奥にまで彼女が入り込み、潜在意識ごと支配し、コントロールしていた……うまく説明できませんが、それが一番近い気がします。

超能力とか催眠とか、そういうことではありません。気づくと他の選択肢がなくなっていたんです。

今だからはっきり言えますが、根底にあったのは彼女に対する怯えだったのでしょう。話が後先になってしまいますが、それがA組の実態だったんです。

二学期が終わる頃には、彼女の許可がなければ、一対一、あるいは数人で話をすることさえできなくなっていました。そんなことをしてはならない、と誰もが思っていたんです。

先生がおっしゃりたいことはよくわかります。A組の生徒全員に目を光らせ、見張っていることなんて、できるはずがない……そうですよね？

でも、授業中はもちろんですが、寮に戻っても、あるいは掃除当番とか、何か理由があって誰かと二人きりになっても、常に彼女の視線を感じていたのは本当です。

おはよう、こんにちは、という挨拶、あるいは事務的な会話は別として、誰かとお喋りしているところを彼女が見たら、不愉快だと思う……その意識がクラス全員の中にありました。

自分の気持ちより〝彼女がどう思うか〟が、判断基準になっていたんです。彼女の視線と言いましたが、むしろ自主規制と言った方が正しいのかもしれません。

もちろん、それは不自然で、不健全なことでもありました。あの年齢の女子たちが、必要最小限の話しかしないなんて、無理なんです。

でも、わたしの方から誰かに話しかけることはできませんでした。相手がそれを彼女に密告するかもしれないからです。

自分が見ていないところで、他の生徒同士が親しくするのを、彼女は何よりも嫌っていました。他愛のない冗談や噂話、そんなことさえ許されなかったんです。

誰のことも信じられずにいたわたしたちは、余計なことを言わず、口を閉じているしかありませんでした。

彼女がいないところでも彼女のことを話し、彼女のようになりたいと言う……許されていたのは、それだけだったんです。

言いにくいのですが、わたしもその輪に加わっていました。心の底では絶対におかしい、普通じゃないとわかっていましたが、それを口にすればクラス全員から白い目で見られたでしょう。

他にどうすることもできなかったんです。同調圧力という言葉を聞いたことがありますが、あれがそうだったのかもしれません。

正直に言えば、あの頃のわたしは波風を立てないようにしよう、流れに身を任せるしかない、と考えていました。青美に入校したのは、准看護婦の資格を取るためで、友達を作るためではありません。

もちろん、友達がいた方がいいに決まってますが、優先順位のトップはあくまでも准看護婦になることでした。

親しい友人ができればそれもいいし、できなくても構わない。どうせ二年しか一緒にいないのだから、何事もなく卒業できればそれでいい。

今は、それを後悔しています。もっと……いえ、言うだけ無駄ですね。

話を戻します。ハンバーガーショップで一瞬千尋と目が合い、わたしはランチセットを買ってから、すぐ近くの席に座りました。わたしと話をしたいと考えているのが視線でわかったからです。

わたしの側も同じでした。何事もなければそれでいいと言いましたが、心のどこかで何かが燻って(くすぶ)いて、それを話せるのは千尋しかいない、と思っていたんです。

A組にあったいくつかのグループはすべてバラバラになっていましたし、千尋がわたしの悪口を言っていると、数人の生徒から聞いていました。二学期に入ってから、千尋とは一度も話さないままでした。

ですが、千尋がわたしのことを悪く言うとは、どうしても思えなかったんです。あれは彼女がわたしと千尋の仲を裂くために意図的に流した噂で、本当は違う……そう信じていたんです。

それだけの想いがわたしの中にありました。一度は二人で話さなければならない、そう考えていたんです。

わたしが席に着くのと同時に、千尋が立ち上がり、真後ろの席に移りました。背中合わせに座ったのは、誰かが見ているかもしれないと考えたからでしょう。最初に口を開いたのは千尋でした。

「日菜、あたしのこと蔭で悪口言ってるって聞いたけど……本当？」

言うわけない、とわたしはフライドポテトを口に押し込みました。会話しているのを、誰にも気づかれたくなかったんです。

　ハンバーガーを齧ったり、ジュースを飲むふりをしながら、わたしたちは話を続けました。千尋はわたしが悪口を言い触らしていると聞いたこと、わたしは千尋がわたしのことを嫌ってると聞いたことを話し、二人の間に誤解があったと気づいたんです。

　いえ、誤解ではありません。そう思い込むように仕向けられていたんです。焚き付けたのは、もちろん彼女です。

「あの子は少しおかしい」ハンバーガーを食べ終えた千尋が、ナプキンで口を隠したまま囁きました。「普通じゃない……日菜はどう思う？」

　この時、わたしは決定的な過ちを犯しました。千尋の言う通りだと思う、とうなずいてしまったんです。

　もっと……例えばですが、そうかもしれない、というような曖昧な答え方をするべきでした。後で考えると、千尋が彼女の過去を調べると決めたのは、この時だったんです。

　うなずいた次の瞬間、わたしは自分の過ちに気づきました。それが最悪の結果を招く、と直感したんです。だから、今の話は聞かなかったことにしてほしいと言いました。

　でも、千尋はわたしと違って、必要があれば自分の意見をはっきり言う性格でした。そんな千尋が、あの時まで何も言わなかったのは、彼女が持つ得体の知れない何かに怯えていたからでしょう。

危ないとわかっていて、わざわざ虎の口に首を突っ込む者はいません。そんな諦めに似た思いがあったのかもしれません。

でも、わたしが千尋の意見に同意したため、背中を押すことになってしまった……どうしてあの時うなずいてしまったのか。

あんなことをしなければ、もしかしたらあの悲劇は避けられたかもしれない……そう思うと、後悔しかありません。

何かわかったら知らせる、と千尋が店を出て行きました。数分も経たないうちに、彼女が入ってきましたが、気づかないふりをして、わたしもハンバーガーショップを後にしたんです。

(渡会日菜子『祈り』)

青美看護専門学校で何があったのか……筆者、そして『ほん怪』編集部内の会議で話し合いが続いていた。

当時、青美が異常な状況にあったことは明らかだ。約半年の間に六人の生徒が不審死を遂げている。提携していた梅ノ木病院の患者も含めれば七人だ。おかしいと思わない方が異常だろう。

いずれの事件も新聞、テレビのニュース等で報道されていた。警察が捜査を進めていたことも、確認が取れている。

ただし、轢死や自殺については、事件性はないと判断された。それもあって、新聞では数行しか事件について触れていない。ニュース番組では、取り上げない局の方が多かった。

男子生徒が同級生を刺殺した事件も、犯人が逃走を試みた際、トラックに撥ねられて死亡しているため、捜査本部は設置されていない。犯人の死によって、捜査そのものが打ち切られている。

現代の視点に即して言えば、警察は何をしていたのかという疑問が出てくるが、約十五年前の事件ということを考慮しなければならない。当時の警察と現代の警察を単純に比較することはできない。

例えばDNAのデータベース化が始まったのは二〇〇四年で、当初は数千件のパターンデータしか登録されていなかった。精度も低く、そのために冤罪事件が度々起きているのは、説明するまでもないだろう。

一事が万事とまでは言わないが、ようやく携帯電話の普及が始まった（普及とは言えない、という見方もある）時代と、国民のほとんどが携帯電話を持つのが常識になった現代を比べるのは無理がある。

むしろ奇妙なのは、学校側の対応だった。前述したように、五月半ばから九月末という短期間に、六人の生徒が死亡しているのはどう考えても普通ではない。学校側が警察の介入を要請していれば、事態は変わったのではないか。

だが、その理由を調べるのは難しかった。青美は二年制の専門学校で、同学年ならともかく、他学年の生徒間には深い関係性がなかったためだ。

〝青美看護学校火災事件〟により、当時の二年生はほぼ全員が死亡している（一人だけ救出されているが、この人物については後述する）。従って、火災発生時に何があったのか、証言する者はいない。

被害を免れた一年生は、その年の四月に入校したばかりだった。講堂火災が起きたのは五月十二日だから、一年上の二年生と親しくなる時間などあるはずもない。

残された可能性は二つ、ひとつは当時青美に勤めていた教職員に当たることで、学校内の事情に詳しい者がいれば、話を聞くことができるはずだ。

もうひとつは死亡した二年生の一学年上、つまり講堂火災が起きた年の三月末に卒業した生徒たちだ。一年生と二年生の間に深い関係性はないと書いたが、実習などを通じ、多少なりとも交流はあった。何らかの事情を知っている者がいてもおかしくないだろう。

だが、ここでも時間の壁が筆者たちの前に立ち塞がることとなった。講堂火災により、百二十人以上の死者を出した青美は、管理責任を問われ、翌年廃校になっている。

勤務していた教職員のその後については、不明な者が多い。亡くなった方もいる。

卒業生に関しても、その捜索は困難を極めた。伝を辿っていけば、必ず青美出身の看護師を見つけることができると考えていたが、青美出身の看護師とのコンタクトは難しかった。

青美を卒業した看護師（元看護師も含む）は見つかったが、彼女たちのほとんどが、自ら青美出身と言うことはなかった。出身を隠しているというとおおげさかもしれないが、青美を卒業して看護師（准看護師）になったことを口外しないようにしていたのは確かだ。

しかし、これもおかしな話だろう。青美で不審死が続出していたこと、講堂火災により多数の死者が出たことがニュースになったのは、前述した通りだ。

だが、卒業生とは何ら関係がない。青美の管理体制に不備があったことは間違いないが、これもまた卒業生の責任ではなかった。青美出身ということを隠す理由はないのだ。

にもかかわらず、筆者たちがコンタクトを取った青美出身の看護師たちは、青美看護専門学校について、何も覚えていないと繰り返すだけだった。約十五年前のこととはいえ、一切記憶がないというのは妙ではないか。

匿名を条件に取材に応じるという青美出身の元看護師が見つかったのは、捜索を開始して四カ月後だった。以下、鈴木さん（仮名）と呼ぶが連絡を取るために、我々はさまざまなコネクションを使った。ただし、身元が特定される恐れがあるため、その間の事情については省略する。

以下、鈴木さんとの電話取材の内容をそのまま記す。

筆者「鈴木さんは一九九一年三月末に青美を卒業されているわけですね？」
鈴木「はい」
筆者「その約ひと月半後、青美の講堂で火災が発生し、百二十人以上が死亡した事件のことはご存じですか？」
鈴木「はい」
筆者「ニュースで見たとか、そういうことでしょうか」
鈴木「はい」
筆者「事件について、どう思いましたか？」
鈴木「ああ、そうなんだ……それぐらいです」
筆者「それだけですか？」
鈴木「専門学校は大学や高校と違います。学年が違うと、ほとんど話す機会はないんです。

あくまでも資格を取るための場ですから」
筆者「不謹慎な言い方になりますが、他人事だと？」
鈴木「そういう面はあったと思います。かわいそうに、とは思いましたけど……」
筆者「先ほど、そうなんだ、とおっしゃっていましたが、事故だから仕方ない、という意味でしょうか？」
鈴木「違います……どういう形でかはわかりませんが、何かが起きると思っていたんです。それは誰にも止められないと……」
筆者「地震だとか台風と同じで、防ぎようがないということですか？」
鈴木「そうではなくて……あの、本当に私の名前は出ないんですよね？　絶対ですね？」
筆者「約束します」
鈴木「……一年生と二年生の間で話す機会はあまりないと言いましたが、まったくということではないんです。同じ寮で生活していましたし、実習で一緒になることもありました。親しいとは言えないにしても、話すことはあったんです」
筆者「わかります」
鈴木「一年生……講堂火災が起きた時は二年生でしたけど、あの学年は何かがおかしかったんです」

筆者「おかしかった？」

鈴木「どう言えばいいのか……うまく説明できませんが、明らかに変でした。特にA組の子たちです。わたしたちが一年生の時は、実習でわからないことがあると、まず二年生に質問していました。医師や看護師に聞けないこともあります。生徒同士でないと、いろいろ難しいんです」

筆者「わかるような気がします」

鈴木「時には、先輩の方から教えてくれることもありました。看護師に限らず、どんな仕事でもそうでしょう？」

筆者「はい」

鈴木「でも、A組の子は全然……ある生徒がいたんです。とても優秀なのは、見ていればわかりましたけど、彼女がリーダーシップを取り、他の生徒はそれに従っていました。あの子たちは、彼女のことしか見ていなかったんです。わたしたちが親切のつもりで教えても無視する……いえ、違います。彼女の言うことしか聞かないんです。わからないと思いますが、そうだったんです！」

筆者「落ち着いてください。鈴木さんがおっしゃっている〝彼女〟ですが、名前は……」

鈴木「言いたくありません。とにかく、私がA組の子たちを見ていて連想したのは、蟻の群れです。彼女が女王蟻で、他の生徒は働き蟻……誰もが彼女の顔色を窺い、機嫌を損ねないようにしていました。A組の子たちは、それが当たり前だと思っていたみたいです。彼女が優秀だったのは、梅ノ木病院のドクターや看護師も認めていました。だから、実習の場でリーダーになるのはわかります。でも、何というか……違和感がありました」
筆者「違和感？」
鈴木「何かひとつ歯車が狂ったら、大きなトラブルが起きる……そう感じたんです。A組の生徒たちは、ぎりぎりのバランスで平衡を保っていました。一歩踏み外したら、みんな谷底に落ちていく……あの子たちの彼女への感情は、崇拝に近かったと思います。それが悪いと言ってるわけじゃありません。一年生の時は、頼れるリーダーがいると心強いんです。でも、もし信頼が裏切られたら、いったいどうなるのか……そんな話がわたしたち二年生の間で出ていた記憶があります」
筆者「そうだったんですか」
鈴木「何があったのか、詳しいことは知りません。でも、講堂で火災が起きて、二年生全員が亡くなったのは……言い方は違うかもしれませんが、ある意味であの子たちの責任でもあったと思っています」
筆者「つまり、あれは事故ではなかったと？」

不意に通話が切れた。その後何度も電話をかけ直したが、着信拒否表示が出るだけだった。

(渡秋吉『本当にあった衝撃の怪奇事件・東日本編』)


お正月は実家で過ごしました。三学期は一月七日から始まるので、特にすることもありません。

始業式は午後一時からだったので、実家を出たのは十二時過ぎでした。この日は授業がありませんから、始業式が終わるとそのまま自室に戻って、部屋の掃除をしたり、他の雑用を済ませたり……夕食を取るために食堂へ向かったのは、六時を少し廻った頃だったでしょうか。

A組の誰もが、正月気分が抜けていない……そんな感じでした。始業式の時、周りにいた生徒たちとは、お互いにあけましておめでとう、と言葉を掛け合っていましたが、クラス全員ではありません。

改めて正月の挨拶をしたり、冬休みに何をしていたか、そんな話で盛り上がっていました。二学期が終わる頃、わたしたちは彼女を中心にまとまっていたので、関係性は良くなっていましたし、その場に彼女がいればお喋りをしてもいい、という暗黙のルールがあったので、いろんな話をしたのを覚えています。

正月に田舎へ帰った人とか、旅行に行っていた人もいました。わたしのように家で家族と過ごしたとか、彼氏と遊んでいたとか、その辺りは人によってさまざまでしたが、池谷教頭が婚約したんだって、と言いだしたのが誰だったのか……それは覚えていません。

女子にありがちなことですが、このニュースに全員が驚き、他の話題はすべて消し飛んで、大騒ぎになりました。

まさか、嘘でしょ、ガラが？　そんな声が飛び交い、誰が何を言っているのか、わからなくなったほどです。

池谷教頭は生徒のプライベートにも厳しく、特に男性と交際している女子生徒には、露骨に不快そうな顔をすることもありました。今は勉学に勤しむ時で、男性と遊んでいる暇はないはずです……そう言いたかったのでしょう。

池谷教頭は男性と付き合ったことがない、と誰もが思っていましたし、看護婦は聖職だという意識が強かったのは確かです。恋愛全般を否定していたわけではありませんが、結婚を前提としていない恋愛をしてはいけません、と授業中に話したこともあったんです。

飛び降り自殺した加奈子とそのグループが睨まれていたのは、男性と遊んでばかりいるということがあったはずで、良くも悪くも厳格な性格の方でした。

同じ女性として、容姿のことは言いたくありませんが、〝ガラ〟というあだ名が示すように、とても痩せていて、顔のパーツもすべて尖っていました。今思うと、拒食症だったのかもしれません。

しかも五十代ですから、婚約という言葉がすんなり頭に入ってきませんでした。半信半疑どころか、そんなことあるはずないという顔をほとんどの生徒がしていたのを覚えています。ただ、生徒の中には具体的な話をする者もいました。婚約した相手は三重県にある日本博専医大付属病院に勤めている杉本(すぎもと)さんという外科医で、年齢は五十五歳、十年ほど前に奥様を病気で亡くされたそうです。

池谷教頭が赤坂にある日本博専医大の看護学科を卒業していたのは、クラス全員が知っていました。杉本さんという方も、同じ大学の医学部を卒業していることになるので、接点はあるんです。医師、看護婦の世界は広いようで狭いですから、共通の知人がいたのかもしれません。

日本博専医大の医学部は四年まで赤坂キャンパス、その後卒業まで三重県の志摩キャンパスと聞いたことがあります。年齢を考えると、赤坂キャンパスへ通っていた時期が重なっていてもおかしくありません。

二人が交際を始めたのは去年の秋だったとある生徒が言うと、池谷教頭が休日に銀座で白髪の男の人と腕を組んで歩いているのを見た、と話す者もいました。

　わたしたちはほとんどが二十歳前でしたから、五十代の男女がどこで出会い、どんなきっかけで交際を始めることになったのか、イメージがわきませんでしたが、会合であるとか、研究会、講演に出席した池谷教頭と杉本さんが出会ったのかもしれない、と想像することはできました。

　もっと単純に、紹介とか、友人の結婚式であるとか、ホームパーティとか、そんなことがあったのかもしれません。

　その時、わたしの頭に浮かんでいたのは、去年のクリスマスイブのことです。いつになく……いえ、それまで見たことがないほど華やいだ様子で、微笑みながら話しかけてきたこと、その首にきれいなネックレスが巻かれていたこと……。

　あの時の池谷教頭の顔は、はっきりと女性のそれでした。もっと言えば、恋愛している女性の顔だったんです。

　わたしがその話をすると、クリスマスプレゼントね、とそれまで黙ってみんなの話を聞いていた彼女が口を開きました。

「ロマンチック……五十代だって、恋してもいいよね。応援したいな」

　彼女がそんなことを言うのは、意外といえば意外でした。十一月末に梅ノ木病院で集中治療室の患者さんが亡くなられたこと、その死に疑念を持った池谷教頭が彼女から長時間厳しく事情を聞いたこと、それに彼女が不満を抱いていたことを知っていたからです。

青美に入校して、ひと月ほど経った頃、彼女と池谷教頭の間に妙な空気……はっきり言えば、お互いが嫌い合っていることに、わたしは気づいていました。

教師と生徒という立場でも、同じ人間ですから、反りが合わないことはあるでしょう。顔を見ただけでも不愉快になる、そういう人は誰にでもいます。

でも、よく考えてみると、おかしな話です。彼女は成績も優秀で、品行方正でしたし、看護婦になるため、誰よりも努力していました。実習でも評価が高く、青美にとっては理想の生徒だったはずです。

それなのに、池谷教頭は最初から彼女のことを嫌っていました。憎んでいたと言ってもいいかもしれません。

教頭は担任や専科の先生と違います。生徒一人一人ではなく、学校全体のことを考えなければなりません。池谷教頭が担当していたのは看護学概論の授業だけで、それは週に一回だけでした。

逆に言えば、生徒と直接接することはめったにないんです。だから、個々の性格までわかるはずがありません。にもかかわらず、どうしてお互いを敵視するようになったのか……。

教師と生徒では、絶対的に教師の方が上になります。成績はもちろん、頭も良かった彼女にとって、それはわかりきった話だったでしょう。教師を敵に回して、いいことなんてひとつもないんです。

そのデメリットをわかっていながら、彼女は池谷教頭と敵対していました。少なくとも、不快な存在だと思っていたのは確かです。

そんな彼女が池谷教頭の恋を祝福している……態度を急変させたことが不思議でしたが、恋愛が絡むと話が違ってくるのは女性の常ですし、応援したいという気持ちは理解できました。

あの頃、わたしたちの興味の中心は、何よりも恋愛でした。自分のことであれ、クラスの他の生徒であれ、恋愛の話に夢中になってしまうのは、あの年頃の女性なら誰でもそうでしょう。

A組の生徒の中には、その後も池谷教頭の情報を集めている子がいました。でも、わたしたちが持っていたのはジグソーパズルの数ピースに過ぎず、それを組み合わせたところで、本当のところはわかりません。

憶測や推測はいくらでも語れますが、それだけで好奇心は満たされません。何人かの生徒は他の先生方に話を聞きにいったほどで、どれだけ関心が高かったか、わかると思います。

プライバシーにかかわることですから、はっきりしたことはどの先生もおっしゃってなかったようですが、わたしが見たネックレスがクリスマスプレゼントだったこと、池谷教頭が結婚を前提に年上の外科医とお付き合いしていることは、何人かの先生が何となく認めたと後で聞きました。

去年の秋、池谷教頭が都内で開かれた会合に出席した際、共通の知人を介して、三重県にある日本博専医大付属病院に勤める杉本文則（ふみのり）さんという五十五歳の外科医を紹介されたこと、その方と連絡先を交換し、いかにも池谷教頭らしい話ですが、文通を重ねていたこと、その後遠距離恋愛に発展したこともわかりました。

クリスマスイブの朝、ネックレスが自宅に送られてきたの、と池谷教頭の方から数人の先生に話していたこと、朝からつけたり外したり、見ていて恥ずかしくなるほどだった、と苦笑を浮かべていた先生もいたそうです。

池谷教頭は他の先生方にも厳しい態度で接していましたから、校長や理事はともかく、職員室では煙たがられていました。浮いていた、と言ってもいいのかもしれません。やりにくい人だと、何人かの先生がこぼしていたのを聞いたこともあります。

でも、杉本さんという外科医との交際が始まってから、刺々しい雰囲気がなくなり、周囲にも優しい言葉をかけたり、笑みを向けることが多くなったそうです。

言われてみると、いつの頃からか独特な威圧感が影を潜め、生徒を気遣ったり、親身になって話を聞くことも増えていました。ひと言で言えば、優しくなっていたんです。

この噂はA組から同じ一年のB組、C組、そして二年生にも伝わっていきました。二年生の中には、三重県のお医者さんと遠距離恋愛してるんですか、と直接池谷教頭に聞いた生徒がいたそうです。

本人は否定も肯定もせず、ただ微笑んでいたと聞きましたが、それは認めたのと同じでしょう。

一月から二月にかけて、何かと言えばわたしたちは池谷教頭のことを話したものです。一番盛り上がったのは二月十四日、つまりバレンタインデーはどうなるのか、という話題でした。

二月十日から東京で外科医の会合があり、そこに杉本医師が参加すること、一週間東京に滞在することは、梅ノ木病院の看護婦が教えてくれました。当然、その間に池谷教頭と会うはずです。おそらくはバレンタインデーだろう……それがわたしたちの予想でした。

アニバーサリーを意識したりすることもなく、興味もないというのが池谷教頭のイメージで、実際、そうだったと思います。

でも、クリスマスイブにネックレスをプレゼントされ、隠し切れないほど頬を染めていたのを見ていましたから、バレンタインデーを特別な日だと考えていてもおかしくないでしょう。年齢と関係なく、女性にとってバレンタインデーは大事な日なんです。

その日は木曜ですから、いつものように授業があります。二人が会うのは夜になるはずで、その後どうなるのか……二月に入ると、そんな話ばかりして、笑いが絶えませんでした。

そして、二月十四日に何が起きたのかは……中原先生も知っているはずです。

(渡会日菜子『祈り』)


――――――


――青美看護専門学校で起きた二名の男子生徒刺殺事件の担当をされていたのは、西脇刑事ですね？

西脇「いいかげんにしてくれ、いつの事件だと思ってるんだ？　何も覚えてないと言ったはずだ。記者だか何だか知らないが、何度も電話をかけてきて、家にまで押しかけてくるっていうのは、筋が違うだろう。はっきり言うが、迷惑なんだよ」

――すみません、ですから外で待っていたわけで……

西脇「もう退職してるんだ。話すことはない。帰ってくれ」

――今日で最後ですから、ひとつだけ聞かせてください西脇「あの二人のことはもう話した。口論して、カッとなった馬鹿な生徒がナイフで友達を刺したんだ。それだけだよ。目撃者は何十人といる。凶器だって見つかっている。刺した奴は車道に飛び出し、トラックに撥ねられて死んだ。まったく、どうかしてるとしか――」

――今日お伺いしたいのは、別の事件についてです

西脇「別の事件？」

――青美の池谷教頭のことを……西脇さん、待ってください

西脇「覚えてない（五十嵐注・西脇刑事はこの時手を振って、インタビュアーを追い払おうとした）」

――あの事件も担当されていたと聞いています。当時、西脇さんは五十一歳、中央東陽署の刑事係に所属されてましたね？　あれだけの凄惨な事件です。何も覚えていないとは思えません

西脇「仕方ないだろ、覚えとらんものは覚えとらん！（五十嵐注・この時西脇刑事の顔は真っ赤になっていた）」

――中央東陽署では、今も西脇さんを尊敬している刑事が少なくありません。優秀な刑事だったあなたが、事件について何も覚えていないはずがないんです

西脇「退職したＯＢのことを悪く言う刑事はおらんよ！」

——ひとつだけです。あの時現場に誰がいたか、それを教えてください
西脇「あのなあ、君……本当に覚えてないいんだよ。わたしが現場に向かったのは、通報が入った後だ。誰がどこにいたか、覚えていないというより、正直に言えばわからないんだ。もう勘弁してくれよ、どうしても知りたければ、中央東陽署に行って当時の資料を閲覧したらどうだ？」
——捜査資料は部外秘です。西脇さんが担当だったのは、当時の新聞にあなたの名前が載っていたためにわかったことで、池谷教頭の件は事故として処理されていますから、詳しい事情を知る者はいません。西脇さん以外、現場の様子を話せる人はいないいんです
西脇「そうかもしれんが、覚えていないものは覚えておらんよ。記憶にないことを無理やり話せと？　馬鹿馬鹿しい、話にならんよ」
——では、この写真を見てください。三人の女子生徒が写っていますが、一番左の……そうです、痩せた、髪の長いこの女性です。彼女は現場にいましたか？
西脇「（五十嵐注・西脇刑事は五分以上沈黙を続けていた）……いたよ」
（山倉尚人『消えた看護学校』）

二月十四日は木曜で、とても寒い日でした。午後から雨になり、夜には雪になるという予報も出ていました。

青美では午前中に四コマ、午後に二コマ授業があります。六限目、その日の最後の授業が看護学概論で、教壇に立っていたのは池谷教頭でした。

池谷教頭は二着しか服を持っていないと言われていましたが、それはおおげさにしても、コーディネートが二通りしかないのは本当で、夏は白いブラウスと薄茶のロングスカート、冬は黒いブラウスと紺のロングスカート、それにグレーのジャケットとパターンが決まっていたんです。

でも、あの日は違いました。新しい純白のブラウスに、淡い藤色のスカート、いかにも昨日美容院に行ってきましたと言わんばかりに整ったヘアスタイル、そして入念なメイク……普段はほとんど化粧をされませんから、余計に目立っていました。

午前中にその姿を見た生徒が、やっぱり例のドクターと会うんだね、とこそこそ笑いながら話していましたが、授業中も教室のそこかしこで囁く声が続いていました。

いつもなら、池谷教頭の授業でお喋りする生徒はいません。でも、この日は注意されることもなかったんです。

授業の終わりを誰よりも待っていたのは、池谷教頭自身だったのでしょう。終業のベルが鳴るのを待ちかねるようにして、足早に教室を出て行ったんです。

見に行こう、と言いだしたのが誰だったのか……それは覚えてませんが、五、六人の生徒が笑いを堪えながら後を追っていきました。

さすがに失礼だと思い、わたしは加わりませんでしたが、気持ちはわからなくもありません。それぐらい、池谷教頭はいつもと違っていたんです。

授業が終わってから、わたしは席に残ってノートを整理していました。池谷教頭の板書が速すぎたので、書き写す時に字が汚くなって、読めないところがあったんです。

書き終えて席を立つと、掃除当番だった千尋がモップをかけながら近づいてきて、やっぱりあの子はおかしい、と唇だけで囁きました。

「友達が光陽学院にいる。今は光陽大に通ってるけど、その子に聞いた。光陽学院の卒業名簿に、升元結花も雨宮リカの名前もない。この前、みんなで写真を撮ったでしょ？　あたしはわざとあの子が入る角度でシャッターを切った。その写真を送ったけど、見たことがないって言ってる」

「誰かに話した？」

わたしの問いに、日菜だけ、と千尋が首を振りました。言わない方がいい、とわたしは彼女の腕を摑みました。抑えが利かないほど、わたしの手が震えていました。

「絶対に黙ってて。そうしないと、取り返しのつかないことが起きる」

「取り返しのつかないこと?」

約束してとだけ言って、その場を離れました。一刻も早く寮に帰り、今聞いたことを忘れてしまおう、そう思ったんです。

階段でワンフロア下の一階に降りようとした時、エレベーターの鉄柵を内側から手で開けようとしている池谷教頭と目が合いました。

頭を下げたわたしに、出席簿を教室に忘れたの、と池谷教頭が苦笑しました。忘れ物をすること自体、普通なら考えられませんし、言い訳をする必要もないのですが、あれは照れ笑いだったのだと思います。

青美の校舎はもともと病院で、戦後すぐに建てられていました。青美が移転した際、建物に手を入れ、内装も新しくしていましたが、エレベーターは旧式のものをそのまま使うしかなく、事故防止ということもあって、生徒の使用は禁じられていました。ただ、教職員はエレベーターで移動することも多かったんです。

エレベーターの鉄柵を三分の一ほど開けたところで、おかしいわね、と池谷教頭がつぶやく声がしました。何かが挟まっているのか、それ以上動かなくなっていたんです。

手伝いますと言ったわたしに、大丈夫よ、と池谷教頭が体を横向きにして、上半身だけをエレベーターの外に出しました。隙間から出るつもりだったのでしょう。

その時、嫌な音が聞こえました。エレベーターが下に動きだしたんです。

「先生！」

わたしは池谷教頭が伸ばしていた手を摑みました。このままでは、下がってくるエレベーターの天井と入り口に挟まれてしまいます。無理にでも引っ張り出さなければならない、とわかったんです。

患者さんの移送に使うエレベーターなので、スピードが遅いのは知っていました。間に合うと思ってましたし、そのはずだったんです。

「急いで、渡会さん！」池谷教頭がわたしの手を両手で強く摑みました。「ここから出して！」

誰か来てと叫びながら、全身の力を込めて池谷教頭の腕を引っ張りました。上半身はすべて外に出たのですが、そこから一ミリも動きません。首のネックレスが、鉄柵から飛び出した金具に引っ掛かっていたんです。

池谷教頭の体が、急に重くなりました。エレベーターが箱ごと下がったために、足が床から離れてしまったんです。

上に目をやると、天井が一メートルほどに迫っていました。誰かともう一度叫ぶと、二人の生徒が駆け寄って、池谷教頭の腕や服を摑みました。

「エレベーターを止めて!」池谷教頭が金切り声で叫びました。「緊急停止ボタンが中に――」

それはわかっていましたが、もう中のボタンに手は届きません。無理にでも引きずり出すか、ネックレスを外してエレベーターの中に体ごと落とすしかないんです。

でも、ネックレスが池谷教頭の首に絡まっていたので、どうにもなりません。三人で力を合わせて、池谷教頭の腕と服を摑み、必死で引っ張りました。

うぐ、という声が池谷教頭の喉から漏れたのは、その時です。

下がってきたエレベーターの天井が、池谷教頭の腰の上にありました。わたしたち三人は泣いていたと思います。どうしていいのか、わからなかったんです。

「ぅ**がわあああ**ぁぁ**ああ**ぁぁぁぁ**あ**」

叫び声でも悲鳴でも呻き声でもありません。体の奥から、死が吐き出されてくる……そういう音でした。

「ぅぅぅ**わわわ**ぁ**あああ**ぁ**ぐ**ぁぅ**う**」

池谷教頭の顔が歪み、つんざくような叫び声と共に、喉の奥から真っ赤な血の塊が飛び出して、わたしの顔に当たりました。

悲鳴が続いています。三人で鉄柵の縁に足をかけ、思いきり引っ張りました。

次の瞬間、わたしたちは同時に仰向けに倒れていました。わたしたちが摑んでいたのは、池谷教頭の両腕、そして上半身で、それは今も手の中にあります。

でも、腰から下はなくなっていました。エレベーターに押し潰されたんです。

「うぐう」

かすかな声が漏れ、池谷教頭の目が引っ繰り返り、白目になりました。切断された腰から迸(ほとばし)る血で、床が真っ赤に染まっています。わたしたちは何も考えられないまま、池谷教頭の手を離すことすらできませんでした。

いくつかの足音と悲鳴が続けて聞こえ、気づくとわたしたち三人を十数人の生徒が取り囲んでいました。

何人かがその場で嘔吐し、全員が腰を抜かしてその場に座り込み、中には失禁してスカートを濡らしている子もいたと思います。

「誰か、誰か助けて!」

一斉にみんなで叫ぶと、一階から二人の先生が、三階から生徒たちが駆けつけてきました。わたしたち三人が池谷教頭の手を離したのは、上がってきた先生の一人が引き剝がしてくれたからです。

立つことができないまま、血だらけの床を這い、池谷教頭から一歩でも遠ざかろうとしました。怖かったんです。ただ怖かったんです。

救急車を、と一人の先生が階段を駆け降りていきました。それと入れ替わるように……彼女が上がってきたんです。

口に手を当てた彼女が、顔を青くして後ずさっていきましたが、それが嘘なのは顔を見た瞬間からわかっていました。

彼女がエレベーターの鉄柵を動かなくなるように細工した。彼女が出席簿を隠し、池谷教頭に忘れ物をしたと思い込ませた。

彼女が四基あるエレベーターの一基に池谷教頭を誘導して乗せた。彼女がエレベーターのスイッチを押し、下に向かわせた。

あの時、すべてがわかりました。三重県の杉本さんという医師の正体は、彼女だったんです。

会合で紹介されたというのは、本当なのでしょう。池谷教頭が杉本医師に好意を持ったこともです。

どうやってそれを知ったのかはわかりませんが、彼女は池谷教頭の淡い恋心に気づき、杉本という医師の名前で手紙を送ったのでしょう。

文通が始まると、甘い言葉を囁き、結婚を前提にお付き合いしたいと書いた。次第に池谷教頭ものめり込んでいった。言うまでもありませんが、ネックレスをプレゼントしたのも彼女です。

そのネックレスが鉄柵の金具に引っ掛かったのは偶然ですが、その偶然には強い悪意が込もっていました。彼女にとっては、必然だったのかもしれません。

なぜ、そんな手の込んだことをしたのか、その理由もわかります。彼女は池谷教頭のことを忌み嫌い、憎悪していました。不快な存在だと思っていたのでしょう。

だから、その存在を消した。デリートキーを押すぐらい、簡単にです。

フロアの真ん中に、上半身だけの池谷教頭がいます。辺りには血と吐瀉物の臭いが充満していました。

でも、それ以上に不快な臭気が漂っていたんです。何度か嗅いだことのある、腐った卵を酢で煮込んだようなあの悪臭。

事故の瞬間、彼女はあの場にいませんでした。でも、あの場を支配していたのは彼女です。

気づくと、わたしも胃の中にあった物を全部吐いていました。

（渡会日菜子『祈り』）

nurse 6
戴帽式

あの後どうなったのか、断片的にしか覚えていません。あまりにも異常な状況に、心が麻痺していたのだと思います。

誰か……先生方か、警察か、救急隊員か、それもわかっていないのですが、誰かがわたしを背負って一階へ下ろしたのは確かです。

パトカーや救急車のサイレン、校舎から出なさいという叫び声、悲鳴、さまざまな音が重なっていました。制服を着た警察官、消防隊員、私服刑事……二、三十人の男の人たちが校舎の中へ入っていったこと、毛布をかけた担架を運んでいく人たちも見ています。その下に何があったのかは……思い出したくありません。

わたしを含め、池谷教頭を救おうとした三人の生徒は、職員室に入り、熱いお茶を飲むように勧められた記憶があります。落ち着かせようという配慮だったと思いますが、先生方の顔も真っ青になっていました。

時間の感覚を失っていたので、それからどれぐらい経ったのか……二、三時間でしょうか、音川(おとかわ)さんという年配の刑事が来て、話を聞かせてほしいと言いました。

池谷教頭の死について、単なる事故ではなく、不審な点があると警察は考えていたと後で聞きました。

エレベーターの柵が開かなくなったことを含め、誰かが意図的にボタンを押し、エレベーターを動かした……つまり、事故に見せかけた殺人だったのではないか、そう考えた刑事さんが多かったそうです。

音川刑事が詳しい事情を聞きたいと言ったのはそのためで、目撃していたのはわたしたち三人だけですから、激しいショックを受けているとわかっていても、記憶が曖昧になる前に話を聞いておきたいと考えたのでしょう。

ですが、わたしたちの側はそれどころではありませんでした。何を聞かれても、まともに答えることすらできません。

悪夢を見た時と同じで、怖いという思いはあるのですが、何があったのか、何を見たのか、話そうとしても口を開いた時にはわからなくなっている……そうとしか言えません。

先生方が止めたのか、音川刑事が諦めたのか、事情聴取は後日、ということになりました。連絡を受けた保護者が駆け付けたせいもあったのかもしれません。

わたしの顔を見た母が、家に連れて帰ります、と先生方に強い口調で言ったのは覚えています。しばらく休ませますと言ったこともです。

青美は看護専門学校なので、多くの病院、医師と繋がりがあり、実家の近くにあった心療内科クリニックを紹介され、その日のうちに受診することを条件に、一時帰宅の許可が出ました。

車で来ていた母と一緒にクリニックを訪れると、大量の睡眠薬を処方されましたが、それは青美側から連絡が行っていたためです。

その間、わたしは何も考えられずにいました。上半身と下半身を真っ二つに裂かれた池谷教頭の姿が目に焼き付いて、頭から離れませんでしたが、奇妙なことに怖いとか気持ち悪いとか、そういう感情はありませんでした。あの時、わたしの心は一時的に壊れていたのでしょう。

クリニックでも、何も話しませんでした。口にすれば、すべてを思い出してしまうからです。黙っていることで、自分を守っていたのだと思います。

それは母も察していたのでしょう。実家に戻ってからは、わたしの手を握っているだけで、何も言いませんでした。

母がいれてくれた熱いお茶を何杯も飲んでいたのは覚えています。母からの連絡を受け、家で待っていた妹の江美子がわたしを見るなり、背中を向けましたが、正視できない何かが顔に出ていたのでしょう。

睡眠薬を飲んだのは、夜の八時か九時ぐらいだったと思います。シャワーも浴びず、パジャマに着替えてベッドに倒れ込みましたが、本当の悪夢の始まりはその後でした。

自分では覚えていませんが、何度も悲鳴を上げ、部屋から飛び出してきた、と後で母に聞きました。

強い薬を飲んでいたのに池谷教頭のことが頭を過ると、その恐ろしさに悲鳴を上げ、意識がないまま逃げ出そうとする……その繰り返しだったそうです。

心も体も疲弊しきっていましたから、ただ眠りたいという想いしかありませんでした。眠りに落ちたかと思うと、すぐに池谷教頭の顔が頭に浮かびます。何よりも恐ろしかったのは、あの時教頭の喉から漏れてきた声でした。

あれは……人間の声ではありませんでした。動物でもなく、人外の何か、幽霊とか、悪魔とか、それも違います。恐怖であり、呪いだった……そう思えてなりません。

わたしを救ってくれたのは母でした。意識が朦朧としたまま悲鳴を上げ続けるわたしを抱きしめ、大丈夫だからと落ち着かせ、再び眠りにつくまで見守る……あの夜、母は一睡もしていなかったはずです。

それから数日、自分がどんな状態だったのか、どう過ごしていたのか、何も覚えていません。食事どころか、水も飲んでいなかったのではないでしょうか。

今、思い出しましたが、三日目の昼、母に勧められてお粥を食べた気がします。味覚がおかしくなっていて、どれだけ塩を入れても味がしませんでした。

その夜から、悲鳴を上げたり、部屋を飛び出すことはなくなりました。あの時のことを忘れたわけではありません。事実を事実として受け入れることができるようになった……いえ、よくわかりません。

月曜の朝、今後どうするか、母と話し合いました。しばらく休学するか、それとも青美を退校するか、前にもそんな話をしていましたが、この時はもっと具体的に二人で考えたんです。

音川刑事から電話がかかってきたのは、その最中でした。なるべく早くわたしの話を聞きたいと言われ、わかりましたと答えましたが、家のインターフォンが鳴ったのは、その三十分後です。音川刑事が来たため、わたしと母の話は中断せざるを得なくなりました。

もし、音川刑事が来たのが翌日、せめて数時間後だったら……青美を辞めて、他の専門学校に転校すると決めていたでしょう。

そうしていれば、最悪の事態を免れることもできたのですが……結局、それがわたしの運命だったのだと思います。

(渡会日菜子『祈り』)

音川菜津子(なつこ)(中央東陽署・刑事係所属、音川泰三(たいぞう)巡査部長の妻。以下、菜津子)「主人が亡くなったのは三年前です。十歳上でしたから、あの人は六十八歳でした。膵臓ガンだったんです。時間が経つのは早いですね」

——音川巡査部長は仕事熱心で、優秀な刑事だったと同僚の方から伺いました。奥様もそう思われてましたか?

菜津子「優秀かどうか、それはわかりません。主人は仕事のことをめったに話しませんでしたし、わたしも聞きませんでした。ただ、仕事熱心だったのは本当です。一度帳場が立つと、数週間……丸ひと月、家に帰らないこともありました」

――刑事として、捜査に関する情報を奥様にも話せなかった事情はわかります。音川さんは六十歳で定年退職し、前後して二人の息子さんも大学を卒業してますね？　長男の宏さんと電話で話しましたが、父はある事件について、退職後も調べていたとおっしゃっていました。奥様はご存じでしたか？

菜津子「青美看護専門学校の先生が、エレベーターの故障で亡くなられた事件のことだと思いますが、調べていたというのは息子の勘違いです。退職した刑事が個人の立場で動くことはできませんから……ただ、主人があの事件のことを気にしていた、忘れていなかったのは確かです。昔気質の刑事でしたから、自分が担当している事件について話すことはめったにありません。でも、青美の件は何度か口にしていましたし、二年ほど入院していたのですが、お見舞いに来てくださった中央東陽署の方たちにも、事件について話していたのを聞いたことがあります」

――音川さんは、あの事件のことをどう考えていたんでしょう。我々が調べたところでは、旧式エレベーターの柵が故障し、乗っていた教頭先生がそこから出ようとした時、たまたま何かのはずみでエレベーターのスイッチが入ったために起きた事故、ということでしたが菜津子「主人は納得していなかったと思います。上司……当時の係長に意見を上げたのは、本人から聞きました。事故ではなく殺人だというのが、主人の筋読みだったんです」
——根拠はあったのでしょうか
菜津子「いえ、なかったと思います。何かあれば、中央東陽署の刑事係も動いたでしょう。不審な点があると主人が考えていたのは、わたしもわかっていました。夫婦ですから、言葉にしなくても伝わってくるものはあるんです。刑事係が本腰を入れて捜査しなかったのは、確証がなかったためでしょう」
——エレベーターの故障について、柵そのものが老朽化していたと鑑識が報告書を上げたのは、関係者の証言もありますし、間違いないと思われます。にもかかわらず、音川さんが不審な点があると考えたのはなぜでしょうか
菜津子「いわゆる〝刑事の勘〟だと思います。ただ、勘だけではなかったのかもしれません。現場に入った時、強烈な悪意を感じたと言っていましたが、そういう……曖昧なことを言う人ではなかったんです。主人があんなことを言ったのは、後にも先にもあの時だけでした。わたしは警察の仕事について詳しいことを知りませんが、主人の直感は正しかったと思います」
——なぜそう思ったのでしょう

菜津子「その三カ月後、青美で何が起きたかご存じですよね？　エレベーターの事故で亡くなられた先生のことは、もっと大きな事件の前触れだと主人は話していました。何かがあの学校で起きると、確信していたんです。実際、その通りになったわけですから、主人の直感は正しかった……そう考えるのは当然でしょう」

（山倉尚人『消えた看護学校』）

音川刑事が家へ来て、あの時何があったのか、詳しく話してほしいと言いました。事件から四日が経っていたので、ある程度わたしも落ち着いていました。覚えていることは、全部話したつもりです。

ただ、記憶に欠落があったのは確かです。今になって思えば、思い出すのが怖かったのでしょう。無意識のうちに、記憶を封印していたんです。

看護実習の際、ご臨終の場に立ち会った経験こそありましたが、あんな惨（むご）いものを見たことはありません。細かいことを質問されると、ほとんど答えられませんでした。どこまで聞いていいのか、音川刑事もわからなかったのかもしれません。

どれぐらい話していたのか……三十分ほどだったでしょうか。要領を得ない答えしかできないわたしを見つめていた音川刑事が、諦めたように席を立ちました。申し訳ないという気持ちもあって、母と玄関まで送りに出たんです。

黒の革靴を履いていた音川刑事が、最後にひとつだけいいですか、とわたしの顔に目を向けました。

「升元結花さんとは親しいんですか？」

彼女の名前が出てきたことに驚きましたが、親しくはありませんと答えました。

「同じクラスで、寮の部屋も隣なので、話す機会はありますけど、それほど親しいわけでは……どうしてそんなことを聞くんですか？」

全寮制の学校は警察にとって便利なんです、と音川刑事が言いました。

「便利というと語弊があるかもしれませんが、話を聞くために生徒たちそれぞれの家へ行く必要もありませんし、休日も関係ないので……金曜から昨日まで、A組の生徒全員から事情を聞いたところ、升元結花さんのことを調べてほしい、と数人の生徒が話しています。守秘義務があるので、誰がということは言えませんが。あなたの部屋が升元さんの隣だというのは、彼女たちから聞きました。隣同士なら、親しくされているのかと思ったので……」

いいえ、とわたしは強く首を振りました。自分では気づきませんでしたが、何度も何度も繰り返し首を振り続けていたと思います。母も音川刑事も、違和感を持ったはずですが、二人とも何も言いませんでした。

音川刑事が出て行った後、学校へ行くと母に言いました。数人の生徒から聞いたと音川刑事が話していましたが、その一人が千尋だとわかったからです。

いえ……千尋の話を聞いた生徒が、それを音川刑事に伝えたのでしょう。すぐに止めなければならない、という想いがありました。

それまで、あと数日休むと母には言ってましたが、急いで千尋と会い、話さなければならないという焦りに似た気持ちがあったんです。

すぐに着替えて、学校に向かいました。着いたのは昼休みが終わる直前でしたが、教室に入った瞬間、遅かったことがわかりました。わたしは……間に合わなかったんです。

(渡会日菜子『祈り』)


筆者、そして『ほん怪』編集部の間で最大の謎だったのは、エレベーター故障によるI教頭の死だった。あまりにも異常な事件であり、目撃談も多数残っている。

この事件ひとつだけを取っても、いわゆる「学校の怪談」になり得る……検証を繰り返すうちに、その想いは強くなっていった。

ただ、わからないのは警察の動きだ。前年の五月から、青美では多数の不審死が続いていた。

約一年で六人が死亡し、そして七人目がI教頭だった。所轄署の中央東陽署は当然だが、本庁捜査一課が動いてもおかしくない事態だろう。

だが、やむを得なかったと複数の関係者が証言している。物的証拠がなかったため、警察としても積極的な捜査ができなかったという。

当時の状況をよく知るA氏（元警視庁捜査員）によれば、エレベーターは旧式で、それまでにも昇降装置の故障、あるいは柵が開かなくなり、箱の中に閉じ込められるという事故が何度か起きていた。青美の教職員たちも、スピードが遅いため使用しない者が多かったという。

改修については職員会議等で論議されていたが、建物の構造上、エレベーターの工事のためには安全面を考慮して校舎を閉鎖する必要があり、また多額の費用もかかるため、先送りになっていたようだ。

I教頭の死については中央東陽署、そして警視庁捜査一課による捜査会議で、事故を装った殺人ではないかという意見が上がり、エレベーター及び柵を詳しく調べている。

柵が開かなかったのは、錆による腐食のためと結論が出たため、最終的に事故と判断されたが、Ａ氏は不審な点があると思っていたと話している。

左右に開く構造の柵の両サイドが、同時に同程度に腐食するはずがないというのがその根拠だったが、筆者の意見も同じだ。そんな都合のいい偶然があるだろうか。

ただし、当時は科学捜査が現代の水準に達していなかったという事実も考慮に入れなければならない。人為的に手を加えた証拠が見つからなかったのは、時代背景を考えればやむを得なかったとも言える。

だが、インタビューにおいて、Ａ氏は興味深い発言をしている。青美では生徒のエレベーター使用が禁止されていたが、職員の一人が校舎の一階にあるエレベーターホールで女子生徒を目撃したというのだ。

Ｉ教頭が死亡した直後、全教職員が事情聴取を受けているが、その際Ａ氏は直接この職員から話を聞いている。その時点では特に何も思わなかったが、後に問題の女生徒が意図的にエレベーターを操作し、Ｉ教頭を殺害した可能性があることに気づいた。

事件から十日ほど経った頃、この職員に再度事情を確認したところ、エレベーターホールに女子生徒がいたのは間違いないが、特に不審な感じはしなかった、というのがその回答だった。

現場は凄惨としか言いようのない状態で、混乱も酷かった。Ｉ教頭の上半身と下半身は真っ二つに切断されており、誰もがパニックに陥り、急行した捜査員たちも正視できなかったという。職員の記憶が曖昧になるのは、状況を考えると仕方のないところだろう。

それ以上追及することができないまま、A氏は本件から手を引いている。捜査本部がエレベーターの柵の故障による事故死、と結論を出したこともその一因だったようだ。

事件当時、A氏が書き留めていたメモを借り、筆者はその内容を確認している。そこには〝職員が目撃した女生徒は、一年生の升元結花〟と記されていた。

(渡秋吉『本当にあった衝撃の怪奇事件・東日本編』)


教室に足を踏み入れると、空気が氷のように冷たくなっていました。二月半ば、季節は真冬でしたが、外よりも教室の方が寒かったんです。

その理由は千尋でした。雨宮さん、と立ったまま指さしている姿を今もはっきりと覚えています。

「光陽学院を卒業したって言ってたけど、あれは嘘よね？　あたしの友達が光陽大にいる。その子に聞いたら、雨宮リカ、升元結花、どちらの名前も聞いたことがないし、同じ学年にそんな生徒はいなかった、とはっきり言ってた。どうしてそんな嘘をついたの？」

彼女は何も答えませんでした。自分の席に座ったまま、微笑んでいただけです。美しい顔一杯に、笑みが広がっていました。

「それだけじゃない」対照的に、千尋の顔は真っ青になっていました。「あなたはA組の生徒全員が仲たがいするように仕向け、ありもしない話をでっちあげて友人関係を壊した。何のためにそんなことを？」

クラス全員の視線が彼女に集中していました。でも、彼女の笑顔はそのままです。仮面を被っているようでした。

ひそひそと囁きを交わす者、黙って様子を見ている者……彼女の近くにいた子は椅子から立ち上がり、離れていきました。

答えて、と千尋が一歩前に出ました。

「何が目的なの？　ううん、あたしにはわかってる。あなたはみんなの心をコントロールし、操ろうと考えた。違う？」

まさか、というように彼女が笑みを濃くしました。ごまかさないで、ともう一度近づいた千尋が、指を突き付けました。

「あなたの目的はクラスのリーダーになることだった。誰からも尊敬され、愛され、慕われる存在になろうと……美人で、成績もトップ、実習では誰よりも優秀……そんなあなたなら、何もしなくたってリーダーになれたはず。嘘をついたり、グループをバラバラにする必要なんてない。どうしてそこまでしなければならなかったの？」

リカだから、というつぶやきが聞こえました。彼女の被っていた仮面が歪み、形のいい唇が動いていましたが、それ以上は何を言っているのかわかりませんでした。

あなたがすべてを狂わせている、と千尋が声を高くしました。

「去年の四月、青美に入学してから、六人の生徒が死に、病院の小堺さん、そして池谷教頭まであんなことに……はっきり言うけど、あたしはあなたが八人の死に関係していると思ってる。いったい何をしたの？」

石山さん、と彼女がゆっくり立ち上がりました。周りにいた数人の生徒が逃げるように後ずさっていったのは、怯えていたからです。

「リカが嘘をついてるって言いたいの？　でも、それは誤解よ。リカは光陽学院を卒業して、青美に入学した。何もしなくたって光陽大に上がれたけど、リカが望んでいたのはそんなことじゃなかった。病気や怪我で苦しんでいる人を救いたい。それがリカの願いで、だから青美に入った。遊んでばかりの女子大生になんかなりたくない。看護婦になって、患者さんに寄り添い、助けてあげたかった。石山さんは違うの？　何のために看護婦になろうとしたの？」

論点が微妙にずれていました。千尋の質問の答えにはなっていません。八人の死に関係していないこと、あるいは光陽学院にいたことを証明しなければならないのに、話をすり替えて、どうして看護婦になろうとしたのかを話しているだけです。ただ、彼女の話術は巧妙で、それに気づいていた人は少なかったと思います。

ごまかさないで、と千尋が鋭い声で言いました。あの子がしたのは告発で、よほどの覚悟がなければそんなことはできません。すべての疑惑を明らかにするつもりが、千尋にはあったのでしょう。

「あなたは嘘をついている。光陽学院卒じゃないし、あの学校に籍を置いたこともない。もう一度言う。あたしの友達が光陽大にいる。その子にあなたの写真を見てもらった」

「……写真？」

彼女の顔色が変わるのと同時に、教室内に不快な悪臭が漂い始めました。数人の生徒が口や鼻を手で押さえていましたが、何とも言えない嫌な臭いです。胃液が喉までせり上がってくるのが、自分でもわかりました。

制服のポケットから、千尋が一枚の写真を取り出しました。

「一月の終わりに、あたしが使い捨てカメラでみんなの写真を撮ったのは覚えてる？」

何人かの生徒がうなずきました。レンズ付きフィルムの使い捨てカメラが流行っていた頃で、千尋がクラスメイトを撮影していたのは、ほとんどの生徒が覚えていたんです。

「ずっと前から、何かがおかしいって思ってた。だから、別の人を撮るふりをして、あなたを撮影したの。友達に見せたら、こんな子は知らないってはっきり言ってた。他の光陽大に上がった生徒にも確認してもらったけど、絶対間違いないって――」

千尋の手から素早く写真を奪い取った彼女が、こんなピンボケじゃ誰だかわからない、と四つに破り、床に捨てました。

「石山さんの友達が何を言ったか知らないけど、リカは目立つのが嫌いだから、リカのことを知らない人もたくさんいる。リカは看護婦になって、不幸な人達を救ってあげたかっただけ。それが悪いって言うの？」

話が微妙にかみ合っていないのは、誰もがわかっていたはずです。彼女が光陽学院に在籍していなかったという千尋の指摘には答えず、看護婦を志した理由を話すだけだったんです。

論理そのものが破綻していましたが、彼女は意にも介していないようでした。

自分が特待生だったと彼女は言っていましたが、それが事実なら、同学年の生徒が彼女を知らないはずがありません。特待生が目立たないはずがないんです。

彼女の言葉は矛盾だらけでした。でも、本人はそう思っていません。わたしにとって、何よりも怖かったのはそれです。

ただ、千尋は騙されませんでした。クラスメイトが知らないはずがない、と言ったんです。「ピンボケって言ったけど、それも違う。あたしがピントを合わせていたのはあなたで、顔もはっきり写ってる。写真を見ればわか――」

床に落ちていた写真を拾おうとした千尋より先に、彼女が素早く屈み込み、破片をすべて口に押し込みました。写真を食べてしまったんです。

誰かが窓を開けたのは、悪臭が異常に強くなっていたためです。二月の冷気が教室に吹き込んできましたが、むしろ暖かく思えるほどでした。

「リカは友達がいなかった」写真を飲み込んだ彼女が、かすれた声で言いました。「リカは友達がいなかったリカは友達がいなかっただから友達がほしかった本当にリカは友達がほしくてほしくてだからここではみんなと友達になりたかっただからいままでとちがうリカになるってきめたたたたたたたたきめたのリカはそうきめたんだからいちどきめたんだかららららあぜったいにそれをまもるリカはみんなのともだちになるのが――」

止めて、と叫んだのが誰だったのか……それは覚えてません。ただ、十人以上だったのは確かです。

呪詛のような声を聞いていると、自分の中で何かが壊れる……わたしはそう感じていました。おそらく、他の生徒も同じだったのでしょう。

でも、千尋は違いました。最後まで徹底的にやる、と決めていたのでしょう。

自分の机の引き出しから取り出したのは、一冊の冊子でした。グレー地に濃紺の文字で〝光陽学院卒業生名簿〟と記されていました。

頁をぱらぱらとめくった千尋が、彼女の机の上にそれを叩きつけました。

「三クラスで、一クラス四十五人。トータル百三十五人の中に、雨宮リカ、升元結花の名前はない。どういうことなのか、説明してくれる？」

口を閉じた彼女が、静かに椅子に座りました。唇だけが細かく動いていましたが、声は聞こえません。

そして、頬には笑みが浮かんでいました。見つめていたのは黒板でしたが、美しい瞳には何も映っていなかったんです。

（渡会日菜子『祈り』）


Rに対し、同じクラスの女生徒から学歴詐称の告発があったのは、二月下旬と思われるが、正確な時期ははっきりしない。いずれにしても、三月に入るとクラスの様子が一変していたことは、多くの教師、職員の証言がある。

それまでクラスの中心にいたRと話す者はいなくなり、誰もが避けるようになった。教室を移動する際も、休み時間も、寮内でも、常にRは一人で行動していたという。

ただし、R自身に変化はなかったようだ。三月中旬の期末試験で、Rの成績は学年トップであり、実習でも医師たちから優秀な看護学生と評価されている。

その後青美は春休みに入っているため、Rを含め他の生徒たちがどうしていたのかは不明だ。これには看護学校独特の閉鎖的な一面が関係していたのだろう。

生徒同士の間で起きたトラブルは、他に漏れない。生徒たちにとって、それは暗黙のルールだった。

教師たちが一年A組の変化に気づいたのは、あまりにもそれが急激に起きたためだ。少なくとも二月半ばまで良好だった関係が突然悪化し、Rを敵視、あるいは無視するのが常態化していた。

そこに教師が介入しなかったのは、時期的な問題、春休みに入ったこともあったのだろうが、看護学校（五十嵐注・専門学校全般と言うべきかもしれない）という環境によるところが大きかったのではないか。

もし、学校側が事態を重く見て、生徒間のトラブルを解決していたら、あの悲劇は防げただろうか。「中原裁判」を傍聴し、資料を読み込んだ者として、その答えはノーとなる。

あの事件は必然だった。遅かれ早かれ、どのような形であったとしても、確実に悲劇は起きただろう。Rとは、そういう存在だったのだ。

以下、本章では一九九一年五月十二日に起きた青美看護学校火災事件について、考察していく。

(溝川耕次郎『彼女を殺したのは誰か?』)


千尋が彼女について詳しく調べ、光陽学院を卒業していなかったこと、それどころか在籍すらしていなかった事実をクラスメイト全員の前で告発した後、クラスの雰囲気は最悪になりました。

それは彼女自身の責任です。クラスの誰もが彼女を信頼していたのは、授業や実習に熱心に取り組み、成績が優秀だったこと、そしてそれをひけらかさない性格もありましたが、一日でも早く苦しんでいる患者さんを救うため、光陽大に進学せず、看護婦になることを決めたと本人がいつも話していたからです。

でも、光陽学院卒という学歴は嘘で、そうなると彼女の言葉すべてが信じられなくなります。裏切られたと誰もが思ったはずで、失望も大きくなっていました。

千尋が彼女の正体を暴いたことで、すべてが虚構だったとわかり、そのために彼女はクラス全員から嫌われ、無視されるようになったんです。

それに気づいたのは、担任の秋山先生を含め、少数の先生方だけでした。それも、はっきりとではなく、何となく今までと違う……それぐらいにしか感じていなかったのではないでしょうか。

生徒同士の関係性は、授業や実習中にはわかりにくいですし、中学や高校と違い、青美は看護婦を養成するための専門学校で、人間教育の場ではありません。

苛めではなく、あれは蛇や百足を恐れるのと同じでした。得体の知れない何かが彼女の中にある、触れてはならないとわかった、だから避けざるを得ない……そういうことだったのでしょう。

真っ先に離れていったのは、それまで彼女と親しくしていた五、六人の生徒でした。信じていたのに裏切られたと怒ってましたが、それは言い訳です。あの子たちも、彼女のことが怖かったんです。

わたしがそうだったように、もっと早い段階から彼女の本質に気づいていた生徒も何人かいたはずです。でも、それは直感に過ぎません。

彼女は模範的な看護学生で、優秀過ぎるほど優秀な優等生でした。何かおかしいとわかっていても、それを口にすることはできません。

だから、つかず離れず、適度な距離を保ちながら、卒業するまでクラスメイトの一人として接するようにしていました。

何もなければそれでいいと思っていましたし、千尋の告発がなければ、あんなことにはならなかったかもしれません。

あの時、千尋が彼女の嘘を暴いたのは間違いだったと思っています。彼女がどこの高校を卒業していても、放っておけば良かったんです。

彼女に虚言癖があったのは確かです。最悪だったのは、その嘘が異常なまでに巧妙なことでした。

八割の嘘に二割の真実を混ぜて話すので、誰もが彼女の言葉を信じていました。自分が嘘をついているという感覚さえ、彼女にはなかったのでしょう。

ただ、誰でも嘘をつくことはあります。虚栄心を満たすため、劣等感を隠すため、あるいは他人の同情や関心を引くため……理由は何であれ、それは仕方のないことです。そして、それで良かったんです。

千尋が彼女の嘘を暴いたことで、誰もが彼女を信じなくなりました。あの時から、授業や実習など、どうしても必要な場合を除き、彼女は誰とも話さなくなったんです。

そのため、何を言っても構わないという雰囲気になり、わざと聞こえるように彼女の悪口を言う子もいました。それがどれだけ危険な行為か、誰もわかっていなかったんです。

わたしはそれに加わりませんでした。事態を悪化させるだけだという想いもありましたが、自分の身に何も起きなければいいという利己的な考えのためです。

三学期に入った時、母と相談して墨田区の看護専門学校への転校を決めていましたし、青美にもそれは伝えていました。それですべてがうまくいく、四月になれば何もなかったことになる。

わたしは自分のことしか考えていませんでした。だから、クラスの子が彼女のことを悪く言っても、止めなかったんです。

今、振り返ると、後悔しかありません。あの時、わたしが彼女をかばっていれば……いえ、今となっては意味がありません。何もかも、遅かったんです。

ひとつだけ、小さな希望がありました。三月中旬から期末テストが始まり、その後春休みに入るため、それが冷却期間になるかもしれないと思っていたんです。

それが細い糸だったのは確かですが、糸は糸です。もうひとつ、青美は二年制の専門学校ですから、授業や実習などで忙しく、もともと生徒同士が親しくなる時間が他の専門学校に比べて短かったこともあって、気の合う友人以外との関係は希薄でした。

それまでオレンジルームに集まり、みんなでお喋りをしていたのは、彼女が中心にいたからで、あの日以降はそれもなくなっていましたし、むしろその方がいい、とさえわたしは思っていました。

二学期の十一月頃から一年A組の生徒が急速に親しくなっていましたが、関係性が濃密になれば、そこには軋轢が生じます。どうせあと一年数カ月の付き合いなのだから、適度な距離感を保って接した方がいい、それなら何も起きないと考えていたんです。

その考え自体は正しかったと思います。三学期の期末テスト、そして春休みの間、何も起きなかったのは事実です。

ただ、わたしにとって、予想していなかった事態が起きました。転校する予定だった墨田区の聖アラハンナ看護学校で実習中に生徒がミスを犯し、そのために患者さんが亡くなっていたんです。

この事故のために聖アラハンナは三カ月間の休校を余儀なくされ、わたしの転校も六月一日まで延びることになりました。

生徒のミスで患者さんが亡くなること自体、あってはならないことですから、決定には従わざるを得ません。

四月一日の月曜日、青美の始業式に出席するため、わたしは実家から東陽町の駅に向かいました。よく晴れた、爽やかな日だったのを覚えています。

（渡会日菜子『祈り』）

―――――――

――青美看護専門学校が廃校になってから、約十五年が経ちました。当時の教職員の方々は他校に移られ、中には既に退職したり、亡くなった方もおられます。青美で教えられていた先生方は、四十代、五十代の方が多かったということですが、宗像さんは当時のことを覚えていますか？

宗像友子（現職・千葉県私立山際中学校副教頭／六十二歳）「青美は歴史のある看護学校で、教職員もベテランの方が大半でした。わたしは大学の教育学部を卒業して、都内の中学で英語の教師を務めていましたが、結婚と出産が続いたこともあって退職しました。子育ての時期が終われば、教職に復帰するつもりだったのですが、あの頃はなかなか空きがなくて……青美が非常勤講師を探していると聞き、やむを得ずと言ったら失礼かもしれませんが、三年間の契約で教壇に立つことにしたんです。四十五か四十六歳の時でした」

――はい

宗像「わたしが採用された翌年の五月に講堂火災が起きて、一人を除き当時の二年生全員、他に校長や教師数人が亡くなったのは、はっきりと覚えています。あれは五月十二日で、翌日から学校は臨時休校となり、夏休みまでそれが続きました。九月には授業が再開される予定でしたが、残っていたのは一年生だけですし、詳しい事情は知りませんが、全生徒が退学届けを出したと聞きました。結局、その年の終わりに廃校が決まり、形だけは翌年の春まで学校として存続していたのですが、三月末に正式な形で廃校になりました」

——当時の二年生は一人を除き全員死亡しています。そのため、取材はできませんでしたが、生徒の保護者、あるいはそれぞれの高校の同級生などから、四月に二年生に上がった時点で、特にA組の生徒に不穏な感じがあったという証言が多数あります。宗像先生はそれに気づいていましたか？

宗像「わたしはあの学年の生徒たちが入学した年に、青美で教えるようになっていましたが、英語は一般教養の授業なので、あの子たちにとってそれほど重要な科目ではなかったんです。担任を受け持ってもいませんでしたから、生徒の様子がおかしいとか、そこまではわかりませんでした。ただ、四月の最初の授業で二年A組の教室に入った時、違和感があったのは確かです」

——違和感とは何でしょう？

宗像「例えば……私語がなかったんです。青美はひとクラスに一人、男子生徒がいましたけど、四十人のうちの一人ですから、女子校と同じなんです。あの年齢の女子なら、授業が何であれ、教師が教室に入っても、教壇に立っても、お喋りが止まらないのはわかりますよね？」

――わかります

宗像「特にわたしは非常勤講師でしたから、ある意味で軽く見られていたので、授業を始めてもなかなか私語が止まらなくて、そこは悩みの種だったんです。でも、A組だけはいつもしんとしていて……教える側としてはその方が楽ですが、違和感というか、戸惑いがありました。一年生、二年生の全クラスで英語を教えていましたが、あんなに静かだったのは二年A組だけです」

――他には何かありましたか？

宗像「伝わりにくいと思いますし、あり得ないことですけど、教室に入ると温度が二、三度低くなるような感じがするんです。A組の教室だけが、明らかにひんやりとしていて……これは他の先生方もおっしゃっていました」

――新学期が始まったのは、四月一日でした。暦の上では春ですが、肌寒い日もあったでしょう。二年A組の教室は日当たりが悪かったのかもしれません。ひんやりと感じたというのは、そのためではありませんか？

宗像「場所は関係ないと思います。あくまでも感覚の話で、わたしが正しいと言っているわけではないんです。ただ、他の先生方も〝何かおかしい〟〝空調が故障してるんじゃないか〟、そんなことを話してましたし、四月の中旬に業者を入れて調べてもらった記憶もあります。異常はないということでしたが、その後もA組の教室だけはどこか冷え冷えとした感じが続いていましたね」

――他には何かありましたか？

宗像「言いにくいんですが……A組の教室に入ると、異臭がすることがありました。台所の排水口から、嫌な臭いがする時がありますよね？　いつまでも臭いの残滓が漂っている……そんな感じです。これも他の先生方が〝二年A組の教室のどこかに動物……鼠の死骸があって、それが腐ってるんじゃないか〟と話していました。空調の業者が来た時、名前は覚えていませんが、寮監を務めていた高齢の職員が業者と一緒に教室の天井裏に入って、何が異臭の原因なのかを調べていました。でも、鼠の死骸どころか、糞のひとつも見つからなかったそうです」

――結局、異臭の原因は不明なままだったんですね？

宗像「はい。ただ……現代国語の先生だったと思いますが、教科書を持ったまま、生徒たちの席の間を歩きながら教える方がおられて、ある生徒の近くにいくと臭いが強くなる、とその先生がおっしゃっていたのを覚えています」

――ある生徒……ですか
宗像「あの講堂火災に巻き込まれて亡くなっていますし、もう昔の話ですから、名前を言っても構わないと思いますが、升元結花という生徒です。同じクラスの子は、リカ、と呼んでましたね。あだ名だったのでしょう。とてもきれいな子だったという記憶がありますが、特に話したことはありません。わたしは非常勤講師でしたから、どの生徒とも親しくなる機会はなかったんです」

――リカというのは、雨宮リカさんのことですね？

宗像「ああ、そうです。雨宮リカさん……でも、どうしてそれを？　あの子は確か升元結花という名前で、雨宮リカは彼女が自分でつけた呼び名だと聞きました。学校内、クラス内でだけ使っていたそうですが……」

――雨宮リカについて、他に覚えていることはありませんか？

宗像「派手なタイプではありませんでしたね。大人っぽい顔立ちで、とてもきれいな子でした。人気もありましたし、成績も良かったと思います。授業中の態度も真面目で、非の打ち所がない生徒だったんじゃないでしょうか……そういえば、実習の際に誤って手のひらを切って、かなりの出血があったのに、本人も気づかず、痛みも訴えなかったとか、そんな話を聞いた覚えがあります。何か先天的な疾患があって、痛みに鈍感だとか、汗を掻かない体質だと聞いたような気も……でも、どうして今になってあの子のことを調べてるんですか？

当時の二年生は、一人を除いて全員が講堂火災で死んでいるんです。とても痛ましい出来事でしたが――」

――雨宮リカは生きています
宗像「……え？」

（山倉尚人『消えた看護学校』）


始業式を終えて二年A組の教室に入ると、そこに見慣れない四人の生徒がいました。ひとつ上の学年で、卒業できず留年した先輩たちです。

青美は成績にとても厳しく、いわゆる赤点の多い生徒は卒業させず、もう一度二年生をやり直させることにしていたんです。

その辺りの説明は三学期の終わりに聞いていましたので、特に何も思いませんでした。落第したのが四人だったのは偶然で、四人の生徒が亡くなっていたA組に編入させると学校が決めたのは当然だと誰もが受け止めていたはずです。

一年生の時とは違い、二年生に上がると始業式の日から授業がありました。春休みを挟んでいましたが、クラスの雰囲気はそれまでと変わらず、授業中も、休み時間も、私語を発する生徒はいませんでした。留年した四人の先輩たちが、不思議そうな顔をしていたのを覚えています。

その理由は彼女にありました。春休みの間に、A組の生徒たちから何度が電話が入っていましたが、誰が言い出したのか、約一年前の桜庭さんの死に始まり、ひとつ上の代の男子生徒二人、加奈子、栗林さんと奥村さん、病院の小堺さん、そして池谷教頭……全員の死に彼女が関与している、そういう噂が流れていたんです。

この日は実習がなく、六限まで授業でした。最後の授業が終わり、先生が教室を出て行くと、誰もが彼女に視線を向けていました。

疑うような目付きでしたが、彼女が何事もなかったように立ち上がり、教室から去っていくと、いくつかのため息と、ひそひそ話す声が聞こえてきました。

かかわりたくないという一心でわたしは教室を飛び出し、寮に戻ろうとしたのですが、日菜と呼ぶ声がして振り向くと、後ろに立っていた千尋が無言でわたしの腕を摑み、そのまま校舎の外に出たんです。

「春休みの間、ずっと考えてた。日菜もわかってるだろうけど、あの子は絶対おかしい」千尋が低い声で話し始めました。「何かが壊れてる。桜庭さんのことだけど、あの子が駅のホームから突き落としたんじゃないかって……」

もう止めよう、と言ったのですが、取り憑かれたように千尋が話を続けました。

「カラハシに聞いたんだけど、桜庭さんが轢かれた時、あの子も浦安駅にいたんだって？」

カラハシというのは、唐橋さんのことです。桜庭さんが轢死した時、わたしたちは一緒にいました。そして、彼女も同じ車両に乗り込んできたんです。

「西船橋の駅から電車に乗って東陽町駅に向かっていたら、急病人が出たってアナウンスがあった……カラハシはそう言ってた。桜庭さんが浦安駅のホームから落ちて、電車に轢かれたために、運行がストップしていたんだけど、日菜たちは状況をわかっていなかった。遅延した電車が浦安駅に着いた時、あの子が同じ車両に乗ってきた。そうだよね？」

小さくうなずくと、リカは浦安駅のホームにいた、と千尋が言いました。

「あの日は土曜で、浦安駅は混雑していた。桜庭さんが押されてホームから転落し、入ってきた電車に轢かれたと装うのは難しくなかったはず。どうしてあの子がそんなことをしたのか、それもわかってる。戴帽式の総代に選ばれたのが桜庭さんだったから。それが悔しくて、だからホームから突き落とした」

あり得ない、とわたしは首を振りました。

「戴帽式の総代になったからって、それが何だって言うの？　意味なんかないじゃない」

あの子は違う、と千尋が辺りを見回しました。

「日菜にはわかってるはず。あの子は自分がトップでなければ気が済まない。その邪魔になる者は、誰であっても排除する。蚊を殺すのと同じぐらい簡単に……」

千尋の目が真っ赤になっていました。千尋も怖かったんです。怯えていたんです。

彼女の学歴詐称を見抜いたのは千尋で、それは言ってみれば正義感による告発でした。でも、後になって、自分の言葉の意味に気づいたのでしょう。

あの告発は、彼女の敵に回ると宣言したのと同じです。彼女がそんな存在を許すはずがありません。

いつ、どんな形でか、それはわかりませんが、必ず復讐されると千尋もわかっていたんです。

春休みの間、ずっと彼女のことを考えていたのは、本当だったと思います。彼女が青美、梅ノ木病院で起きた事件に関与していたと警察に訴えるためには、何であれ証拠が必要です。それ以外、身を守る方法はないと気づいたので、千尋は彼女について考え続けていたんでしょう。

「野宮さんを井筒さんが刺し殺したのは、しつこくあの子に言い寄っていた野宮さんが不快だったから」絶対にそう、と千尋が言いました。「あの子は井筒さんに何かそそのかすようなことを言って、野宮さんを殺すように仕向けた。井筒さんもあの子に好意を持っていたのは間違いない。利用するのは簡単だったはず」

本当に止めよう、とわたしは千尋の震える肩に手を置きました。千尋が言っているのは、推測に過ぎません。

井筒さんが彼女に好意を持っていたのは、わたしも気づいていましたが、そそのかされたぐらいで親友を殺すはずがない、と誰もが言うでしょう。

止めた方がいいと言ったのは、それでは誰も取り合ってくれないという意味で、実際には千尋が想像した通りのことが起きていたのだと思います。彼女の声、ルックス、言葉にはそれだけの力がある、とわたしもわかっていたんです。

加奈子の自殺もおかしい、と千尋が校舎を指さしました。すべてを吐き出さなければ、千尋自身が壊れてしまう……そういうことだったのかもしれません。表情がどんどん強ばっていくのがわかりました。

「親しかったわけじゃないけど、性格はわかってるつもり。加奈子は自殺なんかするタイプじゃない。そうでしょ？」

青美での生活を誰よりも楽しんでいたのは加奈子です。問題の多い生徒で、叱られることも多かったのですが、本人は気にしていませんでした。あの子のことを少しでも知っている人なら、自殺と最も縁遠い子だとわかっていたでしょう。

「加奈子を屋上に呼び出し、何か理由をつけて〝ゴメンね〟とメモを書かせた上で、あらかじめペンチで切断しておいた金網にあの子を押し付け、そのまま下に突き落とした……違う？」

答えることはできませんでした。わたしも同じことを考えていたからです。

動機もわかってる、と千尋が早口で言いました。

「あたしたちは加奈子を嫌っていた。あんな自分勝手な子とは仲良くなれないって……でも、どこかで羨ましいとも思っていた。ルールに縛られず、オシャレを楽しんだり、男の子と遊んだりしたい、そういう気持ちがなかったわけじゃない。雨宮リカには、それが許せなかった。加奈子はあの子に従わない。あの子の規範とも違う。そんなことで、と言うかもしれないけど、許せないと感じたらすぐに排除する。それがあの子の本質なの」

それは栗林とおくむーも同じ、と千尋が二人の名前を出しました。おくむーというのは、奥村さんのあだ名です。

「あの二人には、無神経なところがあった。他人の気持ちを考えず、悪気なく人を傷つける……わがままで自己中だって自覚がないから、注意しても直らない。あの子にとって、栗林とおくむーは不快な害虫と変わらない存在だった。規範って言ったけど、あの子には他人に理解できないルールがあって、それと相反するものは許さない……だから心中に見せかけて殺した」

お願いだから止めてと言ったのですが、最後まで聞いて、と千尋がわたしの手を払いました。

「去年の十一月末、人工呼吸器を外して、梅ノ木病院の小堺さんを殺したのは、それが正しい行ないだと信じていたから。小堺さんは年明けまで保つかどうか、そんな容体だった。ひと月死期を早めても意味はない。誰だってそう考えるけど、あの子は違う。小堺さんを楽にしてあげたい、家族の負担を減らしたい、そのためには死なせた方がいい……本心からそう思って、だから殺した。嫌いだからとか、憎いからとか、そんな理由だけじゃなくて、あの子は善意で人を殺すこともある。余命ひと月の患者を殺害する者なんているはずもないから、警察も事故と考えた。でも、一人だけあの子が怪しいと考えた人がいた」

池谷教頭と言ったわたしに、千尋がゆっくりうなずきました。目に涙が浮かんでいましたが、それはわたしも同じでした。わたしたちが泣いていたのは怖かったからで、それ以外に理由はありません。

「実習が始まった頃、あの子は尊厳死についてレポートを書いた。でも、それが理由だったとは思ってない。もっと前から、池谷教頭は雨宮リカの中にある不穏な何かを感じていた。だから、あの子を呼び出した。詳しく事情を聞いただろうし、強く叱責したかもしれない。リカは池谷教頭を理不尽だと感じ、それが殺意に変わった……日菜、よく考えて。エレベーターの柵が左右同じタイミングで錆び付いて、開かなくなるなんておかしいと思わない？酸を使えば腐食を早めることができるのは、看護学生なら誰でも知ってる。あの子はその知識を利用して、池谷教頭をあんな惨い形で殺した……絶対にそうだって断言できる」

臆測に過ぎない、とわたしは首を振りました。体の震えが止まらなかったのを覚えています。

「千尋が何を言っても、具体的な証拠はない。六人の生徒が不審死したこと、梅ノ木病院の患者、池谷教頭の死に不可解な点があるのはその通りよ。でも、すべてを警察が捜査して、事件性はないと判断を下した。野宮さんと井筒さんの件は殺人だけど、それに彼女が関与しているとは誰も思っていない。言葉ひとつで親友を殺させるなんて、できるはずないでしょ？」

本心は違いました。千尋の言っていることが正しいとわかっていたんです。

でも、それを認めてはならない、という警報が頭の中で鳴っていました。そうかもしれないと答えれば、千尋は学校か警察に訴え出たでしょう。

ですが、証拠は何もありません。事情を聞かれるぐらいのことはあっても、それで終わりです。

そして……その後、どんなことが起きてもおかしくない、彼女が何をするかわからない……だから、わたしは千尋の言葉を否定したんです。

余計なことを口にしたり、考えただけでも、彼女はそれに気づくでしょう。その先に待っているのは……地獄です。

日菜だってわかってるはず、と千尋が顔を近づけて囁きました。

「ハンバーガーショップで、あの子は少しおかしいってあたしが言った時、うなずいたのは日菜だよ？　だからあたしは光陽学院の友達と話して、あの子が光陽にいなかったことを——」

事情があったのかもしれない、とわたしは言いました。

「光陽の生徒だった、卒業したと彼女は言った。それが嘘だったのはわかってる。でも、光陽は誰でも知ってる名門校で、見栄を張りたい気持ちは誰にだってある。それに、栗林さんと奥村さんの心中は彼女と関係ない。部屋のドアと窓にはガムテープで目張りがしてあったし、鍵もかかっていた。二人が練炭に火をつけたのは、夜中の二時か三時頃で、その時あの子は自分の部屋にいた。十一時の点呼の後、部屋を出ていないのは、隣だからわかってる。

どうすれば心中を装って殺せるの？　とにかく、これ以上余計なことは言わない方がいい。クラスの雰囲気が悪くなるだけよ」

ため息をついた千尋が、わかったとうなずいた時、背後から視線を感じてわたしたちは同時に振り向きました。

微笑を浮かべた彼女が、無言で横を通り過ぎていきましたが、気づくとわたしの二の腕に鳥肌が立っていました。それは千尋も同じだったんです。

（渡会日菜子『祈り』）

「いわゆる『中原裁判』を本誌は傍聴しているが、そもそもの発端が一九九一年五月の青美看護専門学校火災にあるという中原氏弁護団の主張により、審理のスピードは遅かった。

約十五年前に起きた事件で、関係者の記憶が曖昧になっていたこともあるが、証人が証言を拒む事態が相次いだという側面が大きい。

本誌では事件の特異性も含め、この裁判に注目し、特集班を組んでいるが、証言拒否については班内でも意見が分かれた。

十五年という時間の経過により、記憶があやふやになったり、覚えていないのは当然だとする者、記憶と関係なく、証人が何かを恐れて証言を拒否しているとする者、その二つの見方があった。

　当初は、記憶が曖昧なため、証人が証言できないでいるという意見の方が多かった。十五年は短い時間と言えない。

　しかも青美看護専門学校の火災は突然の出来事であり、その場にいた人間は少なかった。伝聞や推定による証言は認められないから、そもそも証人の条件を満たす関係者はそれほど多くないのだ。

　だが、裁判を傍聴しているうちに、後者を支持する者が大半を占めるようになった。検察官、あるいは弁護人の質問に、証人は最小限の回答しかしていないが、十五年が経っているとはいえ、青美看護学校で火災が発生し、百二十余人が死亡したのは事実だ。何も覚えていないとは考えにくい。

　証人が何か、あるいは誰かを恐れているのは、その態度からも明白だった。怯えた様子で、口数も少なく、中には体を震わせている者もいた。彼らは何を恐れているのか。

　繰り返すようだが、事件から約十五年が経っている。それでもなお、口を閉ざすしかない恐怖の正体とは何か。

　更に言えば、冒頭陳述で中原氏は自らの違法な医療行為を認めている。裁判の争点は心神喪失状態における犯行だったのか否か、あるいは量刑にあり、青美看護学校火災事件とは関係ない。

にもかかわらず、多くの証人が出廷を拒否し、あるいは記憶がないと証言自体を拒み続けた。その理由が何なのか、特集班のフォーカスはそこに集中していった」

（週刊ＰＡＳＳ『連載・医師中原俊二医療裁判・正義の行方』二〇〇八年十一月十四日号）

千尋と別れ、そのまま部屋に戻りました。ドアを開けるのと同時に〝マヅルカ〟が聴こえてきましたが、なぜかそれが怖くて両耳を塞ぎ、部屋の隅でじっと座っていたのを思い出します。夕食の時間が来るまで、ずっとそうしていたんです。

いつの間にか、わたしは床に伏せて眠っていました。目が覚めたのは夜七時前で、その時には〝マヅルカ〟が聴こえなくなっていました。

のろのろと起き上がり、食堂に行くと、A組だけではなく二年生の生徒のほとんどがそこにいましたが、彼女の近くに席を取る者はいませんでした。

長机の端にぽつんと座っている彼女に、誰もがちらちらと視線を送り、何かしら囁きを交わしていましたが、その中には〝人殺し〟とわざと大声で言う生徒もいたんです。

あの時、わたしはどうするべきだったのか……それは今もわかりません。彼女の隣に座り、話しかけるべきだったのか、そうしていたら何かが変わったのか……。

結局、わたしは何もしませんでした。そのまま踵を返し、部屋に戻ったんです。

食欲はありませんでしたし、あの場にいてはならないという怯えが、そうさせたのでしょう。

翌朝、教室に入っていくと、十人ほどの生徒がいました。そして黒板に大きく〝ウソツキのヒトゴロシ〟と書いてあったんです。

数人の生徒がくすくす笑っていましたが、わたしは黒板消しで素早く文字を消し、彼女たちに向き直りました。

「こんなことしたら駄目だって。秋山先生が見たら、マジで怒られるよ？」

秋山先生の名前を出したのは、言ってみれば苦肉の策でした。あの時考えていたのは、とにかく彼女に気づかれてはならない、ということだけだったんです。

六月になれば、わたしは聖アラハンナ看護学校へ転入します。それまで何も起きなければ、わたしは無事でいられる。

自己本位で、最低な考えだとわかっていましたが、自分の身を守ることで頭が一杯だったんです。

その場はそれで収まりましたが、それからも彼女への嫌がらせは続きました。授業のたびに小さく折り畳んだ手紙が回され、彼女についてのさまざまな情報が、そこに記されていたんです。

誰が調べたのか、医師だった彼女の父親の死が交通事故によるものではなかった可能性があること、あるいは母親と妹が行方不明になっていること、その後伯母に引き取られたが、伯母と二人の息子が不審死していること、通っていた高校でも数人が自殺したこと……。

どこまでが事実で、どこからが嘘あるいは噂なのか、それは今もわかりません。

わたしが回ってきた手紙をすべて破り捨てていたのは、自分のためでした。こんなことは止めようと他の生徒に注意したこともありますが、いつ何が起きてもおかしくない、と怯えていたからです。

あの頃……毎日わたしが考えていたのは、時間を稼ぐことだけでした。聖アラハンナは、わたしにとって逃げ場になっていたんです。

いずれ、近いうちに必ず最悪の事態が起きる。それは確定した未来でした。

でも、その前に逃げ切ってしまえば、わたしはそれに巻き込まれずに済む。クラスメイト、彼女、どちらの側にもつかず、ただ静かにしていれば……。

あの時わたしが最悪の選択をしたのは、今になるとよくわかります。わたしが彼女の本質に気づいたのは、わたし自身の中に彼女と同質の何かがあったからです。それは……認めたくありませんが、自分のことしか考えないという点でした。

その自覚があれば、中途半端なことをしてはならないとわかったはずで、わたしは自分の中の彼女をもっと早く認めるべきだったんです。

自分勝手な言葉の裏にある本心に気づいたのか、千尋や親しくしていた数人の友人が離れていき、わたしを非難する生徒も現れ、彼女と同じようにわたしも孤立するようになりましたが、どうせ転校するのだから構わないと思っていました。

すべてはわたし自身のためにしたことです。孤立したのがわたしたち二人になったことで、彼女への苛めはいくらか減っていましたが、止むことはありませんでした。

二年生になってから、彼女はずっと一人でした。授業中はまっすぐ黒板を見つめ、ノートを取っていましたし、研修でも医師や看護婦の指示に従うだけで、他の生徒と話すことは一切ありません。

彼女は誰がどんな悪口を言っているか、すべて知っていたはずです。それでも微笑を浮かべたまま、気にするそぶりすら見せず、熱心に授業を受けるその姿を美しいとさえ思ったほどです。

でも……それ以上の恐怖を感じていたのも本当です。もう一度言いますが、彼女は何を言われているのか、すべてわかっていたんです。それでも沈黙を続けていました。そうです、彼女は待っていたんです。全員に報いを受けさせるその時を、ただ待っていたんです。

わたしはそれに気づくべきでした。いえ、うっすらとはわかっていたのかもしれません。でも、中途半端に彼女を理解していただけで、何もできなかった……いえ、違います。わたしは今でも彼女のことを何もわかっていません。

彼女は……彼女の心は誰にも理解できないんです。似たような感覚を持っていても、同じではありません。あんな……彼女のような人間は、この世に一人もいないんです。

だから、あの悲劇を防ぐことはできませんでした。それどころか、最悪の事態を招いてしまったのは、わたしの責任かもしれません。

（渡会日菜子『祈り』）

Rとその事件については、出所不明な噂——都市伝説というべきかもしれない——がいくつもあるが、彼女が関与したことが明確になっているのは、二〇〇〇年の男性の拉致事件及び死体遺棄、そして今年の警視庁の刑事刺傷事件（一説では眼球をくり抜いたとされている

が、詳しい事情を警視庁は明らかにしていない）だけで、他は詳細不明なままだ。少なくとも、Rが直接関与した確実な証拠はない。

青美看護学校火災においても同様で、三年前、唯一の生存者である渡会日菜子氏による著書が出版されるまで、警察はRも焼死したと考えていた。

渡会氏の治療を担当していた中原俊二医師の裁判が昨年結審したが、その際開示されたトーキョー損害保険株式会社の内部資料でも、Rは犠牲者の一人とされている（巻末資料参照）。（五十嵐注・本書では省略）

犠牲者が百二十余名と多数にのぼっており、現場が灰燼に帰していたため、認定が困難だったことはトーキョー損害保険株式会社も認めているが、H氏拉致誘拐事件の犯人がRだったことは、警察の捜査の結果、確定している。従って、Rは青美看護学校の講堂火災によって死亡していなかったと考えていい。

渡会氏の死により、Rに関しては不明な点が数多く残ったままだ。終章では「中原裁判」と、Rが関係したと思われる事件を検証していく。

（溝川耕次郎『彼女を殺したのは誰か？』）

「本連載でも度々言及しているが、中原氏は渡会日菜子氏を安楽死させた事実を裁判当初から認めている。

　事実認否が裁判の焦点になることはなく、弁護側は中原氏の心神喪失を訴え、無罪もしくは情状酌量を主張し、検察側は正常な精神状態で、医師としての権能を悪用した殺人としている。いわゆる『安楽死殺人』において、よくある構図と言えなくもない。

　本誌で『中原裁判』を特集することになったのは、安楽死、尊厳死、あるいは委託殺人についてこの数年議論が多様化していること、またネット上に今も残る『雨宮リカの噂』のためだが、この『噂』はあくまでも都市伝説の類であり、事実ではない（五十嵐注・正確には、事実と反する部分が多いという意味）というのが編集部、特集班内の見解だった。

　だが、裁判を傍聴しているうちに、認識が変化していった。『雨宮リカの噂』は単なる『噂』ではない。それ以上の何かがあると誰もが感じるようになっていた。

　本裁判では弁護側、検察側双方の希望で中原氏の精神鑑定が二度行なわれ、結論は真っ二つに分かれた。これもまた『安楽死殺人』ではよくあることだ。

　ただ、弁護側には絶対的に有利な材料があった。渡会氏の著書『祈り』だ。

　渡会氏は自ら中原医師に安楽死を願い出ている。もちろん、日本では法律上安楽死が認められていないため、殺人は殺人だが、過去の判例から考えれば、執行猶予がつくと予想された。実質的には無罪判決と言っていい。

ただし、『祈り』は閉じ込め症候群だった渡会氏が、まばたきによって『書いた』ものであり、それを解読したのは中原医師だ。

裁判の過程でも明らかになったように、『祈り』の内容は信憑性が高いが、検察側は最終章を中原医師が付け加えた、あるいは意図的に読み違えた可能性を指摘している。いずれにしても、真相は中原医師にしかわからない。

だが、最終弁論の際、それまで沈黙を貫いていた中原氏が自ら口を開き、正常な意識の下、渡会氏を殺害したことを認めた。以下、陳述を再録する。

『渡会日菜子さんを殺したのは私であり、本人からの依頼によるものではなく、私自身の意思で殺害しました。弁護士が主張する心神喪失、あるいは心神耗弱状態になかったことは、私自身が認めます。

繰り返します。安楽死でも尊厳死でもありません。私は渡会さんを守るために殺したのです。正確に言えば、彼女の魂を守るため、ということになります。救済死という表現が最も妥当だと考えています。

医師とは命を守る仕事です。その意味で私のしたことは職業倫理にもとる行為でしたが、医師は医師である前に人間なのです。私もまた人間であり、渡会さんを守るためには殺害するしかなかったのです。

今も後悔はありません。人間としてやるべきことをやった、というのが率直な想いです。

渡会さんがどれだけ雨宮リカの存在に怯えていたか、彼女の心が恐怖に侵食されていたかは、いくら言葉を費やしても理解されないでしょう。

例を挙げれば、渡会さんは『祈り』の中で〝雨宮リカ〟という名前を自らの言葉で言っていません。口にすることが恐ろしかったからです。

彼女の精神がぎりぎりのところでバランスを取っていたのは、雨宮リカがどれだけ危険で邪悪な存在であるかを訴えるためでした。

雨宮リカとは歪んだ人間心理の象徴であり、誰もが何らかのきっかけで、容易にリカになり得る、その警告こそが彼女の願いであり、祈りでもありました私はわたらいさんがかんじていたきょうふをじぶんでもかんじるようにようになりうなりましそのためきゅうさいするためすくうためにかのじょをころすころししあないというけつろんにたっしたっしあのようなかたちでわたらしさんのいのちをうばいましたがこれはあくまでも――』

意識を失った中原氏がその場に倒れ、審理は一時中断された。傍聴人の誰もが、人ではない何かが中原氏を支配している、と感じていた」

(週刊PASS『連載・医師中原俊二医療裁判・正義の行方』二〇〇八年十二月十九日号)

――まず橋本先生にお伺いしたいのは、「閉じ込め症候群」の定義です

橋本「英語では〝ロックドインシンドローム〟と呼ばれていますけど、文字通り『肉体的に鍵をかけられた状態』を指します。もう少し詳しく説明しますと、何らかの理由、多いのは脳梗塞などですが、脳幹の橋腹側部が広範囲にわたって障害を受けることで起きる病態ということです。

病態というより、状態と言った方が正しいのかもしれません。簡略化した説明になりますが、脳幹に障害が起きると、ほぼすべての運動機能が遮断され、四肢麻痺が起きます。体を動かすことも、話すこともできなくなるわけです。

ただし、動眼神経、滑車神経は中脳にあるので、障害は起きません。従って、眼球の上下運動とまばたきは可能です。まばたきといっても、正確には上瞼の上げ下げだけなんですが……。

閉じ込め症候群が患者にとって非常に残酷なのは、四肢が麻痺しているにもかかわらず、背側の感覚を伝える脊髄視床路、脳幹網様体、要するに人間の意識に関与するシステムが正常だということです」

――もう少しわかりやすく説明していただけますか

橋本「全身に対するあらゆる刺激への感覚は保たれ、意識も明確にあります。しかし、それを伝える手段がない。その意味がわかりますか？

医師、看護師、家族、友人、誰も患者に意識があることに気づかない。まったく動かない肉体という箱の中で、精神だけが生きている。そういうことです。個人的な意見ですが、最悪の拷問に近いと思いますね」

――最悪の拷問とは？

橋本「誰もが患者を遷延性意識障害、昔流に言えば植物状態だと考えているわけです。肉体的にも精神的にも、何ら感覚がない状態ということです。こういう言い方は良くないかもしれませんが、単に心臓が動いているだけ、ということになります。

ただ、本人は何も感じないし、何も見えないし、聞こえないわけですから、外界から隔離されているのと同じで、精神的には平穏と言えるかもしれません。

ですが、閉じ込め症候群の患者さんは違います。感覚があるんです。もちろん感情もです。

しかし、それを訴える、伝えることができない。例を挙げますと、背中が痒いとしますよね」

――はい

橋本「遷延性意識障害の患者には、痒いという感覚がありませんから、痒みを感じることはありません。我々は痒ければ掻くことができます。

しかし、閉じ込め症候群の患者さんは、痒いという感覚が明確にあり、どこが痒いのかもわかっている。でも、自分では掻けないし、他人にどこが痒いか伝えることもできない。

仮にですが、両腕を骨折して、ギプスで固定されている人がいたとしましょう。深夜、背中が痒くなって目が覚め、そばに誰もいなかったらどうすると思いますか？」

――微妙に背中を動かして、シーツにこすりつけるとか、少しでも痒みを和らげようとするんじゃないでしょうか

橋本「私もそうします。骨折してギプスで両腕を固定されていても、それぐらいの動きは可能ですからね。ですが、閉じ込め症候群の患者さんには、それすらできません。

他の例で説明すると、いわゆる植物状態の人は寝たきりですから、褥瘡（じょくそう）、床ずれが起きます。それを防ぐために、体位変換を看護師やリハビリ担当者が行ないます。その際、悪意があってのことではないんですが、無理やり体を起こしたり、捻ったり、患者さんにとって痛みを伴う体勢にしてしまうことがあります。

植物状態であれば、痛覚を喪失していますから、これも言い方が難しいんですが、それほど問題にはなりません。ですが、閉じ込め症候群の場合、患者さんに酷い苦痛を与えることも有り得るんです」

（月刊イノセンス『特集・現代の奇病』インタビュー・橋本欣哉（きんや）／脳神経科医　二〇〇九年十二月号）

――――――

クラスが少し落ち着いたのは、ゴールデンウィーク前でした。一年生の時と同じように、連休前の小テストがあったので、勉強に集中しなければならなかったからです。

小テストが終わると、連休中に母と妹と三人で箱根へ小旅行に行きましたが、それはわたしの希望でした。

今思えば、その後何が起きるか、予感があったのでしょう。家族三人で過ごす最後の機会になる、とわかっていたんです。

あの三日間のことは、すべて覚えています。あんなに楽しい日々は、もう二度とないんですね。

五月七日の火曜に寮へ戻り、その週の金曜、十日に秋山先生から小テストの結果、戴帽式の総代をB組の遠藤さんという生徒が務めることになった、と発表がありました。

わたしは彼女が総代になると思っていたので、意外に感じましたが、小テストでは実力より運が結果に結び付くこともありますし、遠藤さんが優秀な生徒だったのも知っていましたたから、そうなんだ、ぐらいに話を聞いていた記憶があります。

十一日の土曜、彼女の部屋からはずっと〝マヅルカ〟が流れていました。繰り返し繰り返し、何度も何度も……。

先生、〝マヅルカ〟は聴いてくださいましたか？　陰鬱で、暗い歌声……訳もなく不安にさせるような曲調が、いつまでもいつまでもリフレインされ、それは今もわたしの中で続いています。

翌日の日曜、五月十二日は戴帽式の日で、午前十時に一年生、夕方の四時に二年生が講堂に集まることになっていました。三時半頃からクラス単位で呼び出され、順に席に座っていくのが慣例だったんです。

あの日のことは……いえ、話します。それがわたしの義務ですから。

寮監の倉重さんに呼ばれて、二年A組の生徒がそれぞれ部屋から廊下に出て行きました。

あの頃、彼女とわたしへの反感……敵意と言うべきかもしれませんが、それはまだ強く残っていて、わたしたち二人に話しかける者は一人もいなかったんです。

部屋が隣ですから、彼女と並んで歩くことになります。待って、と彼女が言ったのは、寮から外に出る直前でした。

「日菜、背中に何かついてる。取ってあげるね」

足を止めると、首に何かが刺さり、視界が霞んでいきました。前を行く生徒たちに、助けてと叫んだ記憶がありますが、声にはなっていなかったのでしょう。
（渡会日菜子『祈り』）

――例の「中原裁判」ですが、先生は検察側の要請で中原医師の精神鑑定をされていますね。また、渡会日菜子氏の「閉じ込め症候群」についても証言しています。その間の経緯について、お話しいただけますか
橋本「中原医師とは三度面会して、精神鑑定を行ないました。意識は明瞭で、意図不明な発言もありませんでした。彼は正常な意識を保ち、その上で渡会さんを殺害したんです。弁護側の精神科医と意見が違ったのは、解釈の違いであり、中原医師の心神喪失を証明できなかったのは、裁判を傍聴していればわかったはずです。
　また、渡会さんが『閉じ込め症候群』だったことも事実です。多くの場合、閉じ込め症候群の患者さんは、ある段階で自分の意識を消す、と言われています。
　その状況に精神が耐え切れず、言ってみれば心理的な自殺を図るわけです。強い鬱症状の患者さんにも例がありますが、人間の脳にはそういう機能があるんですね。

ですが、それができない方もいます。その中には意識を正常に保ったまま、二十数年間生き続けていた例も報告されているんですが、渡会さんもそうでした。閉じ込め症候群だと誰も気づかないまま、約十年間寝たきりだったんです。

彼女には伝えなければならないことがあり、自分に人間としての感覚、感情があることを周囲に訴えなければなりませんでした。そのために、何年も努力を続けていたんです」

――努力というのは？

橋本「まばたきです。先ほども説明しましたが、眼球の上下運動、上瞼の上げ下げは中脳の機能で可能なんですね。渡会さんの著書によれば、十年近くまばたき……瞼の動きで自分に意思や感情があることを伝えようと試みたそうです。渡会さんは脳幹に重大な損傷を受け、意識の回復は望めないと誰もが考えていましたが、彼女は諦めませんでした。

それに気づいたのは、母親です。これはねえ……家族の愛情としか言えません。植物状態の人の瞼が動いても、我々医師は不随意筋の反射だと考えてしまいます。実際、九十九パーセント以上がそうなんです。

今は眼の開閉によって状態を確認しますが、当時は脳幹損傷による意識喪失イコール植物状態と診断されていました。その後、医師が再確認しなかったことを問題視する者もいましたが、状況を考えるとやむを得なかったのではないでしょうか。

渡会さんの母親は、娘の瞼の動き、まばたきに何らかの規則性、つまり意味があると直感したそうです。

きっかけは、喉は渇いてないかと尋ねたことでした。習慣で声をかけたようですが、その時渡会さんがまばたきをしたというんですね。

娘が返事をした、と母親は主治医の中原医師に話しましたが、一度は否定したと聞いています。不随意筋の働きによる反射と考えるのは、医師なら誰でも同じでしょう。

でも母親は諦めず、何百回、何千回と声をかけ続けました。最終的に、まばたき一回がイエス、二回がノー、というような形でコミュニケーションが取れるようになり、それで中原医師も渡会さんが閉じ込め症候群だとわかったというわけです」

——その後ですが……

橋本「中原医師が勤めていた東赤総合病院の如月院長と私には共通の知人がいました。その方を介して、如月院長が脳医学の専門医である私に相談してきたんです。

その頃、私は日本エレクトリー社と脳波で使用できるパソコンの開発を研究していました。渡会さんの状態を聞いた時、それが応用できるのではないかと考えたんです。

方法論自体は数年前からありましたが、更にそれを進化させた形だと考えてください。実際に試してみると、コミュニケーションのスピードが速くなり、あるレベルでの会話も可能になりました。

単純に言うと、パソコンのモニター上に五十音表を作って、該当する文字の部分で渡会さんにまばたきをしてもらうんです。一連の作業を我々が開発したソフトで処理すると、声ではありませんが、会話になるんですね。こ・ん・に・ち・は……そんな感じでしょうか。

とはいえ、コミュニケーションには時間もかかりますし、渡会さんも精神的な苦痛があったと思いますが、それでも彼女が諦めなかったのは、やはり……あの事件についてどうしても話さなければならないことがある、と考えたからではないでしょうか」

――それが渡会さんの目的だったわけですね？

橋本「渡会さんは例の青美看護学校火災事件の唯一の生存者で、なぜあの事件が起きたのか、あの日何があったのか、すべてを知っているただ一人の人物です。私は直接診てませんので、それ以上詳しいことはわかりません。今、言えるのは……閉じ込め症候群の恐ろしさと、患者の絶望の深さです。意識があるのに、誰ともコミュニケーションが取れないというのは……」

（月刊イノセンス『特集・現代の奇病』インタビュー・橋本欣哉／脳神経科医）

意識を取り戻したのは、十分ほど後だったと思います。目を開くと、わたしは宙にいました。文字通り、宙に浮かんでいたんです。

わたしの体は授業で使う椅子の上にあり、上半身は斜め下を向いていました。目と鼻の先に講堂があり、見下ろす形になっていたんです。

校舎の三階、通路の外に一メートルほどの壁があったのですが、彼女はその手すりに椅子を引っかけ、わたしを座らせていました。

強い風が吹くたび、椅子が揺れ、どうしていいのかわからないまま振り向こうとすると、動かないで、と静かな声が聞こえました。

わたしの両手首は背中に回され、ハンカチかスカーフで結ばれていたと思いますが、見ることができなかったので、それが何だったのかは今もわかりません。

ただ、彼女がその端を握っていること、手を離せば椅子から落ちてしまうのは、考えるまでもありませんでした。

どこかから〝マヅルカ〟の旋律が聴こえていましたが、空耳なのか、それとも本当に曲が流れているのか、それさえわからないほど怖かったのを覚えています。

「……どうして……こんなことを？」やっとの思いでわたしはかすかな声を上げました。

「お願い、もう止めて。どうするつもり？」

彼女は何も言いませんでした。それから一分も経たないうちに、講堂のステンドグラスが次々に割れていくのが見えたんです。講堂の中が真っ赤に染まっていたのも見えました。聞こえてきたのは、凄まじい悲鳴でした。助けて、熱い、燃えてる、火事だ……助けを求める声がいくつもいくつも重なり、割れたステンドグラスの向こうから聞こえていました。床から四メートルほど上にステンドグラスはありましたが、熱のために割れたのでしょう。ちゃんと見て、と彼女がそっとわたしの頭を押さえました。講堂の中には、戴帽式に出席するため集まっていた百二十人の生徒、そして校長を含め数人の先生がいましたが、その背後で炎が上がっていたんです。

講堂は火の海と化していました。地獄の業火とは、まさにあれでしょう。生徒たちが逃げ惑い、少しでも炎の勢いが弱いところを探していましたが、安全な場所などありません。

何人……いえ、何十人もの生徒の体に炎が燃え移り、悲鳴を上げながらふらふらと歩いています。生きた松明のようでした。

先生の誰か……秋山先生だと思いますが、落ち着けと怒鳴り、長机を積み上げて割れた窓に手を伸ばしていましたが、秋山先生を突き飛ばし、窓枠に手を掛けたのは校長でした。

老いた顔に醜い表情が浮かび、必死で這い上がろうとしていましたが、積み上げられていた長机が崩れ、恐怖で顔を歪めた校長が頭から落ちていきました。

黒煙が窓から噴き出し、それとオレンジ色の炎が絡み合っています。紅蓮の炎と言いますが、煙より火勢の方が強く、講堂の中がはっきりと見えるようになっていました。

何十人もの生徒が重なるようにして倒れ、そこを炎が通るたびに、肉の焼ける臭いがしたのを覚えています。

つんざくような悲鳴が長く続いてましたが、何を叫んでいるのか、それもわかりません。あらゆる恐怖、怯え、恐れの感情が剝き出しになった叫びです。

生きた松明が走り回り、他の松明とぶつかると、同時に崩れ落ち、体が燃え上がっていました。校舎の三階にいたわたしの顔も、熱を受けて火傷していたほどです。

「逃げて！」思わず、わたしは叫んでいました。「そっちじゃない！　扉は手前よ！」

講堂には出入り口がひとつしかありません。正面の扉です。そこに大勢の生徒がいましたが、全員が扉に体当たりをしても、開くことはなかったんです。

なぜ開かないのか、あの時はわかりませんでした。講堂の扉は外から引けば開きます。中からだと、押せば開くんです。

鍵もかかっていません。何もわからないまま、誰か、とわたしは叫んでいました。

「助けて！　火事です！　講堂で火事が――」

今日は日曜、と彼女が耳元で囁きました。その意味がわかり、わたしの体が震えだしました。

先生方は休みで、学校内には寮監の倉重さんしかいません。講堂の火災に気づいても、一人で火を消せるはずもないんです。消防を呼んでも間に合わない……それは二年生全員と校長や教職員への死刑宣告でした。

突然、講堂で地響きに似た爆発音がしました。暖房用の灯油を保管しているのは知っていましたが、それに引火したのでしょう。

倉重さんが講堂に向かって走っていく背中が見えましたが、その時には講堂全体に火が回り、屋根や壁から激しい炎が上がっていたんです。近づこうとした倉重さんが踵を返して戻っていったのは、消防に通報するためだったのだと思います。

「何をしたの?」勇気を振り絞って、わたしは顔だけを後ろに向けました。「あなたが火をつけたのね?」

彼女は何も言いませんでした。ただ微笑んでいただけです。奇妙なほど、その顔が美しく見えました。

〝マヅルカ〟の音源がカセットテープレコーダーだとわかったのは、振り向いた時、教室の席に置いてあるのが窓越しに見えたからです。その間も、炎の勢いは激しくなっていく一方でした。

講堂の柱が一本、また一本と燃え崩れ、屋根全体から轟々と燃え盛る炎が上がっていました。遠くから消防車のサイレンが切れ切れに聞こえています。

目をつぶったのは、最後の柱が燃え落ち、講堂がぐしゃりと潰れた瞬間でした。百二十人の生徒たち、そして数人の先生方が瓦礫の下敷きになったのは、説明するまでもないでしょう。

そして、炎は更に激しくなっていました。奇跡的に瓦礫の下敷きになるのを免れたとしても、待っているのは焼死です。生存者は一人もいないのがわかりました。

かわいそうに、と彼女が舌打ちしました。

「リカの言うことを聞かないから、こんなことになるどうしてそれがわからないんだろういやだいやだあたまのわるいこたちのあいてなんかいやだいやだそんなひとたちはぜんぶいなくなればいいいぜんぶぜんぶぜんぶ」

どうしてこんなことをとわたしが言うと、彼女がゆっくりと微笑みました。日菜ならわかるでしょう……微笑の意味はそれでした。

不意に、わたしの手を縛っていた何かがほどけ、そのまま体が宙に投げ出されました。校舎の三階から、地面に落ちていったんです。

一秒にも満たない時間でしたが、その間にわたしは気を失っていました。だから、地面に頭から激突した時の痛みも、他の何も覚えていません。その後のこともです。

目が覚めたのは……一週間ほど後だったのでしょうか。今とまったく同じで、わたしはベッドで横になっていました。

でも、指一本動かせません。声を出すこともできません。

目も見えているし、音も聞こえるし、意識もあるのに、一ミリも体を動かすことができなくなっていたんです。

わたしが目を覚ましたのは、母が泣いていたからです。白衣を着た背の高い医師が、母と妹の江美子に、脳に強い衝撃を受けたため、わたしの脳幹機能が損傷し、四肢が麻痺していること、いわゆる植物状態になり、回復は望めないことを説明していました。

一年と少しの間、看護専門学校で学んでいましたし、梅ノ木病院ではベジと呼ばれる遷延性意識障害患者の治療に立ち会ったこともあります。

簡単に言えば、ベジには意識がありません。ただ、生命維持に必要な脳幹部分が生きているので、生者と見なされます。

でも、わたしは違います。脳幹損傷のため、発語はもちろん、頭からつま先まで動かすこともできませんが、人としての意識は正常なんです。

そうです。わたしは〝閉じ込め症候群〟の患者になっていたんです。

閉じ込め症候群の患者には、何もできません。誰も意識があると思っていませんから、コミュニケーションを取ろうとさえしないんです。

意思を伝えたくても、手段がありません。自殺さえできないんです。

その時、わたしは彼女の異常なほど巨大な悪意に気づきました。戴帽式の日、講堂にいた百二十数人を放火によって殺したのは、彼女にとって〝報い〟だったのでしょう。彼女を裏切り、嫌い、拒んだ者たちへの報いです。

秋山先生がその中にいたのは、彼女にとって必然だったはずです。想いを寄せていた秋山先生が自分ではなく、奥さんを選んだ。それが許せなかったから、殺したんです。

でも、彼女はわたしにもっと重い罰を与えました。わたしを殺すのは簡単です。ひとつ階段を上がり、四階から突き落とせば、確実に死んでいたでしょう。

ですが、彼女は三階を選びました。そこから落ちれば、脳に深刻なダメージが残るけれど、死ぬ確率は低い。死ぬより辛い目に遭わせる……それが彼女の狙いで、実際その通りになったんです。

理由ですか？　それも簡単です。彼女が誰よりも憎んでいたのは、わたしだったんです。

千尋の告発によって、A組の全生徒が彼女の敵になりました。その中で、わたしはどちらにもつかず、自分のことだけを考えて、保身を図りました。

彼女はそれが許せなかったんです。よく似た感覚、性格を持っているのに、他のクラスメイトより彼女を理解できるはずなのに、何もしなかった。だから、誰よりも残酷な罰を与えると決めたのでしょう。

十年間、時が止まったまま、わたしはただ生かされていました。その間、自分に意識があると伝えるためにどれだけ努力したかは、いくら説明してもわかってもらえないでしょう。わたしにできるのはまばたきだけで、それも不随意筋による無意識な反応だと医師も介護人も思っていました。

四年ほど前、ようやく母がわたしのまばたきに意味があることに気づき、コミュニケーションを取ることが可能になりました。長い時間をかけて、担当医だった中原先生に、あの時青美で何があったのか、すべて伝えることができました。先生には感謝しています。

先生……約束は覚えてますよね？

（渡会日菜子『祈り』）

渡会日菜子氏の著書『祈り』によれば、一九九〇年五月の女子生徒轢死事件に始まり、翌年五月の講堂火災に至るまで、すべてに雨宮リカが関与していたことになる。

渡会氏の友人、石山千尋さん（故人）は、その間の事情について根拠を示しているが、その部分を読む限り、物的証拠こそないが、状況証拠はあると『ほん怪』編集部は考えていた。ただし、ひとつだけ雨宮リカが関係していない件がある。渡会氏も触れているが、栗林、奥村という二人の女子生徒の心中事件だ。

当日の時間を追っていくと、午後十一時に寮監による点呼があったこと、それに雨宮リカが返事をしたことがわかっている。その後、隣室の渡会氏は雨宮リカの部屋のドアが開く音、あるいは廊下を歩く音を聞いていない。

また、寮監が不規則に巡回していたことも編集部の調べで確認された。雨宮リカにはアリバイがあったことになる。従って、二人の女子生徒の心中は雨宮リカと無関係だと考えられる。

重要なのは、石山さんの指摘が、雨宮リカがすべての事件の犯人という推測に基づいていることだ。もし二人の女子生徒の心中と雨宮リカが無関係だとすれば、他の事件との繋がりが説明できない。

殺人、自殺、すべてが偶発的な事故だったと考えてもおかしくないし、他に犯人がいた可能性を考慮することもできる。

筆者、そして『ほん怪』編集部は、二〇〇〇年に起きたサラリーマン拉致誘拐事件、そしてその六年前に中野の花山病院で起きた医師殺人事件に、雨宮リカを名乗る人物が関与していた事実を知っている。

だが、この雨宮リカが青美看護専門学校の雨宮リカと同一人物なのか、それは不明なままだ。別人が雨宮リカの名前を騙った可能性も、ないとはいえない。

加えて、雨宮リカは青美の講堂火災に巻き込まれ、保険会社によって死亡が認定されている。渡会氏の『祈り』の内容が事実だと証明することは、証人になり得る者がすべて死んでいるため、不可能と言っていい。

本書刊行にあたり、そこが最大のネックになった。事実関係が未確認なままでは、読者が納得しないだろう。それは筆者たちも同じだ。

我々は原点に戻り、改めて『祈り』の内容を精査することにした。その結果、すべての回答が『祈り』の中にあることがわかった。

寮の部屋にはベランダがついていて、そこで洗濯物や布団を干していた、と本文に記されている。また、亡くなった芳川さんが部屋にボーイフレンドを入れた際、気配に気づいた寮監が部屋に踏み込んだが、ボーイフレンドをベランダから友人の部屋に移動させて事なきを得た、というエピソードもあった。

以下は『ほん怪』編集部の推測だが、二人の女子生徒が心中した夜、雨宮リカは何らかの口実を設け、午後十時、おそらくはもっと早い時間から奥村さんの部屋にいたと考えられる。栗林さんは点呼の後、奥村さんの部屋に向かったのだろう。

午後十一時、寮監が各部屋を回り、点呼を取っている。そして、雨宮リカが返事をしたのを渡会氏は聞いた、という記述が『祈り』にある。

アリバイが成立したことになるが、雨宮リカがカセットテープレコーダーを所持していたのは、講堂火災の際、〝マヅルカ〟が流れていたこと、渡会氏がそれを見ていたことからも間違いない。

寮監は時間に厳格な性格で、何時何分に点呼を取るか、時計を見なくてもわかったと渡会氏は記している。おそらく、雨宮リカはその習慣を利用したのだろう。

寮監が自分の部屋に来る時間を計測した上で、カセットに「はい」という自分の声を録音し、タイミングを合わせて再生ボタンを押した。

古典的な方法だが、時間通りであれば何の問題もない。このような形で、雨宮リカは自分のアリバイを作ったのだろう。

三人が何の話をしていたかは不明だが、『祈り』本文中にもあるように、実習でミスを繰り返していた二人が雨宮リカに相談をもちかけていたのではないか。

相談は長く続き、三人は何かを飲みながら話したのだろう。雨宮リカは自分が持ち込んでいた睡眠薬を混入したドリンクを勧め、それを飲んだ二人は二時過ぎに眠ってしまったと考えられる。

その後、ドアに目張りをしてから、雨宮リカは用意していた練炭に火をつけ、窓からベランダに出て、そのまま自分の部屋に戻った。

窓にも目張りがしてあったが、それは形だけだったと思われる。寮監は元自衛官で、一酸化炭素中毒の危険性をよく知っていたはずだ。何よりも換気が優先されると考え、窓を割ると雨宮リカは想定していたのではないか。

現代の視点から考えれば、かなり杜撰(ずさん)な犯行計画だが、事件が起きたのは一九九〇年で、警察科学捜査は現在の水準に達していなかった。ワープロで遺書を残していたこともあり、警察が事件の真相に気づかなかったのは、やむを得なかったと言えるかもしれない。

心中事件の真犯人が雨宮リカだとすれば、他の事件にも関与していた可能性が高くなる。この結論により、筆者、そして『ほん怪』編集部は最大の難関をクリアしたと考えている。

今後も、『ほん怪』編集部は雨宮リカの捜索にチャレンジしていく。雨宮リカに関する情報を持っている読者は、下記の編集部アドレスにメールを送ってほしい。

(渡秋吉『本当にあった衝撃の怪奇事件・東日本編』)

あの時講堂にいた百二十数名が焼死したこと、現場は惨状としか言えない状態で、わたし以外の二年生全員が死亡したという話は先生に聞きました。

でも、彼女は生きているんです。あの禍々しい女は、今もどこかにいる、そして誰かに災いをなそうとしている……。

それを伝えなければならない、それがわたしに残された最後の義務であり、責任だと信じています。

これで話は終わりました。すべてを話したら、わたしを殺すと先生は約束してくれましたよね？

先生の立場はわかっています。医師としての倫理に反する行為だということも……。ですが、これは安楽死ではありません。他にわたしを救う道はないんです。

この十五年間、彼女に殺された人たちの顔が、惨たらしい姿が、わたしの頭から消えたことはありません。その後ろには彼女の顔が見えます。起きていても、眠っている時も、彼女がわたしを見つめているんです。

そして……先生と話している今もそうですが〝マヅルカ〟の旋律が頭から離れません。それなのに、わたしにはどうすることもできないんです。
お願いです、先生。わたしを救ってください。お願いしますおねがいしますおねがいしま
すおねがいしますおねがいしますおねがいしますおねがいしま

〈主文
被告人、中原俊二を懲役七年に処する。この裁判確定の日から三年間その刑の執行を猶予
する〉
(二〇〇九年一月三十日、東京地方裁判所判決)

「後書き
中原俊二氏は昨年一月三十日午後四時に釈放され、同日深夜、自宅で縊死している。苦悶
に満ちた形相は、駆けつけた警察官も正視できなかったという。
彼女、渡会日菜子氏を殺したのは中原医師だが、真犯人は別にいる。雨宮リカだ。中原氏
も雨宮リカの犠牲者だった。

渡会氏は最後まで彼女と呼ぶだけで、自ら雨宮リカの名前を口にすることはなかった。名前を言うことすらできない恐怖。

十五年という長い時間、それに縛られていた渡会氏の苦悩、怯えは想像すらつかない。常に悪意の塊と向き合い続け、それでも正気を保っていたのは、本人も語っているように、雨宮リカのすべてを知る唯一の人間として、それを伝えなければならないという責任を感じていたためだったのだろう。

雨宮リカについては、他にもさまざまな謎がある。梅ノ木病院で人工呼吸器が外れたために亡くなった小堺氏の件も彼女が関係しているはずだが、寮から抜け出した際、監視カメラに映っていなかったのはなぜか。

また、小堺氏の死を事故ではなく雨宮リカによる殺人だと病院に匿名で伝えた女性は誰か。それを噂としてクラスに流したのは誰なのか。

あるいは『祈り』本文でも触れられているが、升元家の養女になった後、引き取った伯母と二人の息子が不審な死に方をしているのも、謎と言っていいだろう。

だが、これ以上事実の検証をするつもりはない。禍々しい何かに触れれば、災いに巻き込まれるだけだ。

諸君に警告する。雨宮リカに関する記憶を封印するべきだ。

かかわるだけで災厄をもたらす者は存在する。それを理解できない者を待っているのは

――無残な死だけだ。

（溝川耕次郎『彼女を殺したのは誰か？』）

WARNING!

＊後書きを読む前に、まず小説『リフレイン』をお読み下さい。
＊「リカ」シリーズはクロニクル形式で書かれていますが、できれば発行順にお読みいただき、その後、年代順にお読みいただきますと、二度楽しめます。

発行順『リカ』→『リターン』→『リバース』→『リハーサル』→『リメンバー』→『リフレイン』

年代順『リバース』→『リフレイン』→『リハーサル』→『リカ』→『リターン』→『リメンバー』

後書き　『リフレイン』と「マヅルカ」

＊

『リフレイン』は雨宮リカの看護専門学校時代を描いた小説です。年齢で言うと、彼女が十八歳から十九歳前後に起きた「青美看護専門学校講堂火災事件」による百二十余名の生徒、教職員の焼死という事件が主題となっています（『リハーサル』『リメンバー』参照）。

＊

「リカ」シリーズ（「リカ・クロニクル」）について、メール、SNS等を通じ、私のもとへさまざまな感想が寄せられています。単純に「面白かった」「つまらなかった」というような感想もたくさんありますが、それよりも多いのは「リカ」に対する「共感」あるいは「反感」です。

「反感」について、その気持ちはよくわかります。「わたしにはあの女（リカ）の心理が理解できない」「どうかしている」「極端過ぎる」「いいかげんにしろ」ざっくり言えば批判的な文脈です（ちなみにですが、私は自作について「買った瞬間から読者のもの」と考えていますので、どのように批判されても構わないというスタンスです）。

リカへの反感を持つ方は、リカのことを忌み嫌います。「わたしはあんな女と違う」という意味だと思いますし、その通りなのでしょう。

そして、それは正しいとも思っています。リカのような女性、あるいは男性が「どこにでもいる」ようなら世も末だ、というのが私の意見です。

ただ、ひとつだけ。わたしはリカと違うとおっしゃる「あなた」は、自分にリカ的要素が「まったくない」と言い切れるでしょうか。

＊

共感する（あるいは「リカの気持ちがわかる」とおっしゃる方）についても同様で、おそらくですが「自分とまったく同じだ」という方はいないはずで、いたら困ります。あくまでも「リカ」シリーズは小説であり、空想の産物に過ぎない、と強調しておきたいと思います。

＊

「反感」「共感」、これはコインの裏表だと私は以前書きました。家族、恋人、友人、その他さまざまな人間関係の中で、常に感情は揺れ動いています。「誰よりも信頼できる相手」という感情が「誰よりも信じているから許せない」に変化することも有り得るはずで、だからこそ人間は人間らしくいられると思っています。

＊

本来、作家が小説中の人物について「空想の産物」だとあえて強調するのもおかしな話で、ある意味ではそこまで反感なり共感を持ってもらえる「リアルな人物像」を構築したわけですから、小説の書き手として自らを誇ってもいいはずです。

　しかし、しばらく前からＳＮＳ等のダイレクトメッセージで送られてくる感想に、明らかな変化を感じているのも事実です。「共感」を通り越して、明確に「わたしはリカです」と語り、なぜそう考えるに至ったか、詳細に説明する人が増えているのです。

＊

　私は神父でも牧師でもなく、医師でもありません。罪の告白や自分の症状を訴えられても、何もできません。この場を借りて明言しますが、「あなた」のパーソナリティは私と何ら関係ありません。

　率直に言います。私は怯えています。今、「あなた」は自己分析ができている。それは理性が働いている証拠です。

　ですが、どこかで一線を越えてしまうのではないか、そんな危うさを感じることもたびたびあります。私は自分が書いた小説のために、何かが起きてしまうことを恐れているのです。

＊

　最後に「マヅルカ」について少しばかり補足します。作中でも触れていますが、「マヅルカ」は一九三五年に公開された同タイトルの映画の主題歌です。歌っているのはポーラ・ネグリというポーランド出身の女優で、初期はドイツで、その後はアメリカで活躍し、人気を誇ったようです。

「マヅルカ」は第二次世界大戦前の楽曲ですので、現在ＣＤその他の音源を入手できるかはわかりませんが、ＹｏｕＴｕｂｅで検索すれば、容易に聴くことが可能です。

＊

私は素人ですので、詳しいわけではありませんが、戦前、戦中期のドイツのポピュラーソングについて、不気味だという印象が昔からありました。マレーネ・ディートリッヒの「リリー・マルレーン」という歌もそうですが、歌唱法が独特で、どこか退廃的で、地を這うような声で聴く者に迫ってくる……そんな感じです。明らかにアメリカの音楽、フランスの音楽と違い、ひと口で欧米と言っても、そこには民族性の違いがあるのでしょう。

＊

私見ですが、ホラー映画の楽曲は二通りに分かれると思っています。サイコキラーはオペラを聴きながら人を殺し、無差別殺人鬼はハードロックのリズムで人を殺していきます。これは様式美のようなもので、わかりやすいキャラクター説明でもあります。

ただ、この伝統が根付いて長いため、私としては別の楽曲を読者のために用意したいという想いがありました。小説は読者に想像力を要求するカルチャーですが、音楽にはそれを補完する効果があるという持論が私にはあり、それにふさわしい楽曲が「マヅルカ」だと信じています。

＊

できれば「マヅルカ」を聴きながら、本書『リフレイン』をお読みください。それでなくても嫌な話が、ますます陰鬱になり、不快で嫌な気分になるでしょう。ですが、それを求めているのは「あなた」なのです。

五十嵐貴久